KB045673

오색 찬란
실패담

일러두기

- 작가 특유의 문체, 화법을 최대한 구현하고자 노력했습니다.
  따라서 어법에 맞지 않는 표현이 다소 등장할 수 있습니다.
- 인용한 글은 고딕으로 표시하고, 출처는 원고 말미에 표기해
  놓았습니다.

오색 찬란 ～～ 실 패 담

만사에 고장이 잦은 뚝딱이의 정신 수양록

정지음 지음

RHK
알에이치코리아

녹색 불이 켜졌습니다
건너가도 좋습니다

사람들은 흔히 실패의 색을 잿빛이라 여긴다. 실패라는
단어에서 연상되는 어둡고 축축한 느낌 그대로 말이다.
하지만 두려움을 걷어낸 채 진짜 실패의 색을 목격한
적이 있는가? 적어도 내가 직면한 실패의 색깔은 생각
처럼 전형적이지 않았다. 실패라는 경험 자체는 어둡고
축축한 기운을 풍기더라도, 그에 약간의 용기를 주입하
면 신기한 화학 반응이 일어나는 것 같았다. 실패를 성
공으로 바꾸려는 억지를 버리고 나니, 내게는 나의 실
패가 모두 다른 빛을 가진 형형색색의 경험으로 보이기
시작했다.

실패를 색으로 받아들이고 느끼는 것은 내 나름의
생존 법칙이었다. 실패를 덮어두고 유야무야로 살 수도

있겠지만, 그런 날들이 누적되는 삶에서는 아무런 생동
감을 느낄 수 없었다. 앞으로 다가올 날들이 이미 살아
온 어제 같으리란 예측이 머릿속에 세워질 때면, 아직
오지 않은 미래까지 무가치한 존재처럼 느껴졌다. 하지
만 색이름을 얻은 실패들은 저마다의 빛깔을 발하기 시
작했다. 내가 작가라는 타이틀을 얻은 후 '진짜 작가'가
되기 위해 매일 애쓰는 사람이 된 것처럼, 실패들도 제
각각 부여받은 '퍼스널 컬러'를 증명하려 애쓰는 것 같
았다.

실제로 변한 건 아무것도 없었다. 나는 여전히 삶에
어수룩했고, 전보다 더 똑똑하지도 아름답지도 않았다.
그 때문에 나는 늘 스스로를 누추한 위험 속으로 몰아
넣었다. 이는 내 인생의 지루한 클리셰였다. 그래서 한
때는 노력 없이 성공 가도로 치닫는 반전만이 내 인생
을 구원해 주리라 믿었다. 나의 개연성 없는 성공이 타
인에게 박탈감을 주어도 좋다고, 모두에게 손가락질 받
아도 상관없다고. 그저 아무렇게나 얼렁뚱땅 성공해 버
리기를 소원했다. 하지만 이제 와 상상해 보면 그런 삶
이야말로 어둡고 축축한 흑백의 세상이지 않을까 싶다.

나는 이제 쉬이 얻는 행운들을 꿈꾸지 않는다. 남이

보기에 아름다울 법한 성취만을 욕심내지도 않는다. 그
보다는, 다소 초라하더라도 내 손으로 직접 불운의 텃
밭을 가꾸며 살기를 원하게 되었다. 매일매일 햇빛을
쬐어주고 벌레를 쫓아내고, 세찬 비바람을 맞다 보면
내 불운의 텃밭에서도 언젠가 푸릇푸릇한 새싹들을 보
게 될지 모른다. 고난과 역경의 사계절이 지나간 뒤에,
그 새싹들이 과연 어떤 열매를 틔울지 궁금하다. 결과
로 무엇을 얻게 되든, 나는 실패로써 수확한 초록 열매
들을 내 생의 청신호로 여기며 내일로 건너갈 수 있다.
그렇다면 그걸로 충분하지 않을까?

　아직 비바람 속에 있는 이들에게, 다채로운 색을 마
주할 용기가 되어주길 바라며 실패의 목록을 꾸려나갔
다. 하찮지만 괜찮은, 억척스럽지만 사랑스러운 나의
실패들이 읽는 이의 삶에도 녹색 불을 띄워줄 수 있기를
바란다.

차례

2

덮으면 흑역사,
까보면 코미디

3

노란불이 없는
내 신호등

4

무지를 수호하는
백지 전략

1

· · ·

빨갛게 물든
수치심쯤이야

· · ·

일취월장 요기니

어느 날 전신 거울을 보니 꼴이 가관이었다. 눈, 코, 입부터 팔다리까지 뭐 하나 제자리에 붙어 있는 게 없었다. 낯설 만큼 비대칭이 심해진 내가 거울 속에 서 있었다. 엉망이 된 몸은 내가 작가로서 열심히 일한다는 증거였다. 다만 계속 이런 식이면 작가 일부터 그만두게 되리란 불길한 암시이기도 했다.

언제부턴가 쉬는 날에도 온몸이 아프기 시작했다. 안 그래도 낮은 휴식과 수면의 질이, 통증 때문에 현저히 떨어지고 있었다. 서 있거나 앉기가 여의치 않아 외출이 줄었고, 이도 저도 못 하는 바람에 붕 떠버린 시간을 스마트폰으로만 때우게 되었다. 항상 폰을 쥐고 허송세월하는 내가 한심했다. 스마트폰 중독이라며 자책했지만, 내 미미한 체력으로는 어차피 다른 취미를 가질 수도 없었다.

몸의 자세가 틀어졌다는 이유만으로 내 세상은 급격히 좁아졌다. 비루한 신체 능력 때문에 행동반경이 너무나 쉽게 제한된다는 현실이 비통했다. 그러나 비통함 속에서 이토록 빠르게 침울해지는 것 또한 체력의 문제임을 깨달았다. 나는 한달음에 동네 요가원으로 달려갔다. 체감상 내 척추는 지구의 자전축만큼이나 틀어져 있었는데, 아무리 골똘히 생각해 봐도 나 혼자 이를 바로잡을 방도는 도저히 없었기 때문이다.

정갈히 눈을 감고 명상에 임하는 이미지가 강해서일까? 혹은 수업을 '수련'이라 칭하기 때문일까? 요가는 내가 아는 것 중 제일 정적인 운동이었다. 대망의 첫 수련 날, 10분이 지난 시점에만 해도 나는 "뭐야, 꽤 할 만하잖아?"라며 여유를 부렸다. 하지만 그로부터 10분이 흐른 후 스마트워치에서 긴급 알림이 빗발쳤다. 분당 심박수가 치솟고 있으니 심호흡을 하든, 뭘 하든 주인놈은 재빨리 살 길을 찾으라는 신호였다.

"절대 숨 참지 마세요. 자, 크게 들이마시고, 내쉬고."

숨을 쉬라는 메시지는 스마트워치뿐만 아니라 요가

선생님도 반복해서 강조하시는 중이었다. 하지만 육지 포유류가 심심해서 숨을 참을 리는 없었다. 누군가 숨을 못 쉬고 있다면 해석의 여지는 하나였다. 지금 그가 죽기 직전으로 힘들다는 것…….

다행스럽게도, 내 옆 사람 또한 나만큼이나 힘든 모양이었다. 나만 미칠 것 같은 게 아니라는 사실이 숨 쉴 틈 없는 와중에도 묘한 안심을 주었다. 우리의 숨소리는 선생님이 "숨 쉬세요!"라는 언질을 주실 때만 화들짝 커졌다. 나는 "훅! 훅! 훅!"거리고 그는 "학! 학! 학!"거리는 식이었는데, 서로 박자가 엇나가는 순간엔 그 소리가 변태 콤비의 부적절한 비트박스처럼 들리기도 했다.

첫 수련이 끝난 후, 나는 바닥에 쓰러져 방전이 무엇인지 생애 처음으로 맛보았다. 버려진 대걸레처럼 널브러져 있자니 어느새 요가원에는 선생님과 나, 둘뿐이었다. 나는 초면인 스승께 내 자세가 어떻냐고 여쭈었다. 선생님은 내가 앉아 있는 모습을 가만히 바라보시고선 혹시 성격이 급한 편이냐고 되물었다. 나는 하마터면 주먹을 먹을 뻔했다. 내내 어기적거렸는데 성격 급한 걸 어찌 아셨지?

선생님은 내가 금방이라도 튀어 나갈 사람처럼 안

절부절못한다고 하셨다. 생각할수록 참말이었다. 나는 거북목이라기보단 상체 전체가 앞으로 쏠린 상태로, 별로 급하지 않을 때도 후다닥 튀어 나가듯 움직였다. 나는 단박에 요가원을 신뢰하게 되었다. 이런 통달을 듣고 불신하기도 쉽지 않았다. 나이가 들수록 깨닫는 것은, 전통에는 이유가 있다는 사실뿐이다.

한가할 땐 일주일 내내 요가원을 찾기도 했다. 회차를 거듭할수록 몸이 몰라보게 가벼워지고 있었다. 체중은 줄지 않았음에도 바람에 날아가면 어떡하나, 헛된 고민이 들 정도였다. 수련 시간엔 여전히 버벅거렸지만, 요가원을 나설 땐 내가 나를 복구하기 위해 이토록 열심이라는 사실에 뿌듯함을 느꼈다.

요가는 타인과 실력을 견주는 스포츠가 아니다. 오히려 자기 내면을 들여다보고 비워내는 정화 활동에 더 가깝다. 선생님이 숨 쉬라는 것 다음으로 많이 하는 말은, 안 되는 동작은 억지로 시도하지 말라는 것이었다. 옆 사람과 상관없이 내 몸에만 집중하기. 나에게는 어딜 가든 누가 나만큼 못하나 찾아 헤매는 습관이 있었는데, 요가 정신을 배우고부터는 그 습관도 자연스레 고쳐졌다.

그러던 어느 날, 마치 한 달 전의 정지음 같은 수련생을 보았다. 그분에겐 오늘이 첫 수업인 모양이었다. 그는 예전의 나처럼 쉴 새 없이 두리번거렸고, 쉬운 동작으로만 꾸려진 초심자 클래스임에도 좀처럼 흐름을 따라오지 못했다.

그날 수업의 클라이맥스는 '전갈 자세'였다. 엎드려 뻗쳐 상태에서 한 발을 들어 전갈 꼬리처럼 반대쪽으로 넘기는 동작인데, 수련에 조금 익숙해진 내게도 쉽지는 않았다. 이를 악물고 버티는 와중에 나보다 더 위태롭던 그분이 결국 옆으로 쓰러지는 것이 보였다. 왜인지 눈물이 찔끔 솟았다. 그분 얼굴에 새빨갛게 떠오른 수치심 또는 열패감이, 내가 줄곧 지니고 사는 것과 별다르지 않아서였다. 남들 다 하는 일을 나만 못할 때의 기분이라면, 나도 무척 잘 알고 있었다.

나는 즉시 부들대기를 멈추고 그분보다 더 요란하게 자빠져 버렸다. 스무 명 남짓의 수련생 중 전갈 자세에 실패한 건 우리 둘뿐이었다. 그분이 반사적으로 이쪽을 돌아보았고, 나는 헤헤헤 웃어 보였다. 원래라면 다시 도전했겠지만, 그날은 잠시 매트 위를 뒹굴며 딴짓을 했다. 그분께 말하고 싶었다. "당신만 못하는 게 아니니, 내일도 꼭 다시 만나요." 이 말은, 첫 수업 때 자세 평가를 듣고 충격받은 내게 선생님이 해주신 격려이기도 했다.

비뚤 몸을 고치러 간 요가원이었다. 요즘은 몸보다 마음가짐이 달라진 것을 느낀다. 수련에 익숙해진 탓도 있겠지만, 내가 느낀 변화는 '여유'다. 남들보다 뒤처질까 불안한 고갯짓을 멈추지 못하던 내가, 남의 마음까지 살필 여유를 가지게 됐으니 말이다. 요가 시간에 들여다볼 내 마음이, 부디 어제보다 깨끗했으면 싶다.

명상하지 못하는 사람

나는 삼십 평생 명상이라는 행위가 성인들 사이의 재미 없는 농담인 줄 알았다. 모두 함께 조용히 딴생각하는 시간을 갖자고 하기가 민망하니까, 대충 얼버무리는 신 호 정도로 생각했던 것 같다.

그러다 한번은 친구와 함께 요가 수업을 받고 나오는 길에 의문스러운 대화를 나누게 되었다. 내가 물었다.

"야, 너는 명상 타임에 무슨 생각 하냐?"

"무슨 생각을 해. 아무 생각도 안 하지."

"웃기지 마. 사람이 어떻게 생각을 안 해?"

"무슨 소리야? 그럼 너는 온종일 생각하며 살아?"

"응. 나는 요가 시작하기 전에 오늘 명상 타임엔 뭔 생각을 할지 안건도 정해오는데."

"무슨 생각을 하는데?"

"실제로 하는 건 제육볶음 생각, 쇼핑 앱으로 쇼핑할 생각, 랩 가사 생각, 라자냐와 라니뇨의 차이점 생각……"

"그런 생각이 왜 드는 거야?"

"나도 몰라. 모든 것이 그냥이야."

"그게 무슨 명상이냐? 넌 그냥 눈만 감고 있는 거잖아."

나는 그제야 명상을 명상답게 해내는 사람도 있다는 사실을 깨달았다. 명상 리더가 "잡생각을 비웁니다"라고 말하면 실제로 잡생각을 비우고, "머릿속을 시원한 물로 헹궈내는 상상을 해봅니다"라고 말하면 딱 그 생각만 해낼 수 있는 사람이 있다니. 태어난 이래 내 머릿속은 늘 쓰레기 같기도 하고 보석 같기도 한 무한의 생각들로 꽉 차 있었고, 나에게는 생각을 억누르거나 분류할 만큼의 통제력이 주어진 적도 없었다. 모든 생각이 뚜껑 없이 튀겨지는 팝콘처럼 아무렇게나 튀다가 불현듯 사라지기 일쑤였다. 나는 한시도 ADHD가 아닌 적이 없었기 때문에, ADHD가 아닌 남들의 머릿속이 어떠할는지는 그저 막연히 떠올려 볼 수밖에 없었다.

상상력이 나쁜 편은 아니지만 그래도 어떤 가벼움일지 쉬이 감이 오지 않았다. 다만 그들의 머릿속이 부러웠다. 머리가 가볍다는 기분, 머릿속을 의식적으로 싹 비운 느낌은 얼마나 상쾌할까 샘이 났다. 내가 불면증으로 고생하는 이유 중 하나도 머릿속에 1mm의 여유도 없이 꽉꽉 들어찬 생각들이었으므로.

부모님이나 친구들은 그래도 그 무거운 머리 덕분에 작가가 되지 않았느냐고, 그건 약간의 불쾌함을 야기할 뿐이지 네가 가진 재능이라고 날 다독이곤 했다. 나는 그들의 진심이 고마워 방긋 웃어 보였지만, 마음속으로 별로 좋은 위로는 아닌 것 같다고 생각했다. 고통을 축복으로 여기라는 강요만큼 답답한 것도 없기 때문이다. 시간이 지나면 고통이 축복처럼 여겨질 수도 있겠지만, 사실 고통의 중심에 있을 때는 그런 순간들이 오지 않을 것처럼 아득하게 느껴진다.

그러나 나는 불평불만을 가질 자격이 없다. 왜냐면 너무 말라 고민이라고, 어떤 운동도 식단도 하지 않았는데 5kg가 빠져서 힘들다고 털어놓는 친구에게 부럽다느니 나랑 바꾸자느니 하는 말을 뱉고 살기 때문이다. 대기업에 다니면서 직장인으로서의 힘듦을 토로하는 친구에게도 그럼 나랑 신세를 바꾸자는 농담을 수시로 건네곤 했기 때문이다. 아마 나의 무신경한 호들갑을 웃으면서 받아준 친구들도, 나처럼 불투명한 답답함과 허무함을 느끼지 않았을까.

가벼운 글을 쓰고자 명상이란 주제를 떠올렸는데, 어째서 명상에서 파생된 생각으로 머리가 더욱 복잡해지는 걸까? 왜 늘 일단 구업을 쌓고 나서 나중에야 나의 과거를 돌아보는 것인지 나도 모를 일이다. 머리가 너무 무거워 생각의 이동 속도가 늦는 건 아닐까 짐작할 뿐이다.

불량하지만 성실한 환자

처음 정신과 진료를 받던 날, 나는 곰팡이 핀 된장 같은 안색으로 대기실 구석에 웅크리고 있었다. 그때는 오랫동안 나를 괴롭힌 우울과 불면보다, 결국 이 지경까지 오고 말았다는 패배감이 더 짙게 드리워진 상태였다. 문득 의심이 솟았다. 나란 애는 대체 뭘까? 난 아픈 것일까, 나약한 것일까? 나약한 거라면 문제의 해결책은 어차피 노력과 능력의 영역 아닐까…….

그때는 내게 죄책감으로 도피하는 습관이 있다는 것을 미처 몰랐다. 사람은 너무나 복잡하여, 죄책감에 짓눌리면서도 그 익숙한 고통에서 안도를 느낄 수 있는 존재였다. 당시 가장 두려웠던 것은 나의 장래, 내일, 비전 따위였다. 젊은이의 상징처럼 여겨지는 것임에도 젊은 내가 가질 수 없는, 신기루 같은 것들. 그래서 만나본 적 없는 의사가 벌써 거북했다. 새로운 타인이 초라한 나를 단번에 간파하거나 아예 알아보지도 못할까 봐서였다. 긴 대기 끝에 마침내 이름이 불렸을 때, 나는 무거운 몸을 일으키며 꼭 한 가지를 다짐했다. '감정적으로 굴 바엔 로봇처럼 행동하겠어. 바보 같은 나를 철저히 감출 테야.' 그러나 1분 후, 무슨 일로 이곳에 찾아왔냐는 질문을 듣자마자 '뿌엥!' 하고 눈물이 터져버린 나였다.

"하이쒸, 선생니임. 이인새애앵이 너어무 힘들고, 넘넘 짜아증 나아요. 흑흑흑."

턱에 호두 같은 주름이 생기도록 얼굴을 구기고, 두서없이 이야기를 쏟아내는 나는 환자라기보단 주말 밤의 취객 같아 보였다. 선생님은 내게 위로의 티슈 뭉치를 건네고 알 수 없는 약들을 바리바리 지어주었다. 나는 두 손 가득 약 봉투를 쥐고 집으로 달려가며 또 잉잉 울었다. 거기서 조금만 더 울었으면 내 고향 산골 마을이 바닷가가 될지도 모를 일이었다. 그러기 전에 선생님을 만난 것은, 내게 큰 행운이었다.

사실 난 연장자나 권위자의 능력으로 득을 본 적이

거의 없었(다고 생각했)다. 그전까지 사회에서 만난 사람들은, 나이가 많고 똑똑할수록 이상하게 재수 없고 착취적이었다. 선생님은 그렇지 않았다. 치료를 지속할수록 우리 사이에 호불호를 넘어서는, 어떤 신뢰가 생겨나고 있음을 느꼈다. 나는 천천히 솔직해졌다. 선생님이 나를 바보 취급할까 봐 전전긍긍하는 대신, 혹시 제가 지금 띨띨해 보이냐고 직접 여쭤보는 식이었다.

우리 선생님은 무작정 칭찬과 격려를 퍼붓는 타입이 아니어서 뭘 묻든 그의 대답은 재미있었다. 선생님이 들려준 대답 중에 특히 기억에 남는 말이 있다. "내 말이 잔소리처럼 들리겠지만, 잔소리도 애정의 징표라니까요." "너무 오래 보니까 이제 조카 같기도 하군요." 나에게도 치료는 점점 즐거운 일이 되어갔다. 살면서 천 번쯤 들어본 흔한 말이지만 납득된 것은 그때가 처음이었다. 이제 더 이상 정신과가 무섭거나 무겁지 않다. 나 역시 선생님을 만나 그동안 정신과에 어렴풋이 가지고 있던 편견을 많이 내려놓을 수 있었다.

✦

내가 혼자 끙끙대던 고민 중 하나는, 선생님이 내게
너무 많은 약을 먹이면 어쩌나 하는 것이었다. 인터넷
에서는 끼니당 다섯 개, 많으면 열 개 정도 되는 정신과
약을 처방받는 사람을 드물지 않게 볼 수 있었다. 그런
데 시간이 지난 뒤 약 때문에 주의를 받는 사람은 도리
어 나였다. 정신과 약물의 신속 정확한 효과를 체감해
본 내가 오히려 약에 눈을 빛내기 시작하면서부터였다.

"선생님, 선생님. 혹시 부지런해지는 약은 없나요?"
"없습니다."
"좋은 꿈 꾸는 약은요?"
"없죠."
"그러면 운동하고 싶은 기분이 드는 약은요?"
"제발 모든 걸 약으로 해결하려는 그 마음부터 버리
세요. 제가 저번에 뭐라고 했었죠?"
"글쎄요. 아무 생각도 안 나는데요."

나는 선생님께 거절당할 것이 뻔한 일들을 요구하

며 일종의 장난을 치기도 했다. 먹기만 하면 괜찮아지는 정신과 약이란, 먹기만 하면 살이 쭉쭉 빠진다는 다이어트약과 같은 신기루다. 어떤 약이든 조금씩은 본인의 의지와 노력이 필요했고, 나는 이 사실을 참 불편하다고 여기면서도 때론 그 때문에 안심했다. 이상한 말일 수도 있지만, 내 인생의 마지막 대안이 결국 '나'라는 것이 삶의 주도권처럼 여겨졌다.

물론 선생님이 나를 믿느냐는 조금 다른 문제다. 나는 나아지다가도 금방 제자리로 돌아오는 환자고, 치료가 7년 차에 접어들었음에도 여전히 불안정한 사고뭉치이기 때문이다. 정신 산만하고, 늦잠 자고, 툭하면 우는, 사소한 버릇들조차 고치지 못했다. 솔직히 고백하면, 가끔 선생님 얼굴에서 나에 대한 회한과 허탈이 스치는 것을 목격할 때도 있다. 그렇지만 그런 선생님의 눈으로 보는 내 모습이 이제는 밉지 않다. 내 삶엔 여전히 두세 가지의 정신과적 질환명이 따르지만, 이런 멋진 멘토와 함께라면 앞으로도 괜찮지 않을까 싶다.

미친 건 너거든?

*이 글에서의 '악플'은 타당한 비판 의견 제시가 아니라 인신공격이나 욕설, 루머를 뜻합니다.

첫 책을 내고 작가 일을 시작할 땐 내게 악플*이라는 것이 달릴 줄 꿈에도 몰랐다. 일단 악플러들 눈에 띌 만큼 책이 팔릴 거란 생각을 못 했다. 하지만 데뷔작은 예상보다 훨씬 많은 반응을 얻었고, 책이 뻗어나갈수록 악플도 늘어가기 시작했다. 내 질환은 물론 성격이나 문체, 외모, 책의 생김새, 소재 등등……. 악플에도 카테고리와 성격이 다양했다. 대응법이야 사람마다 가지각색일 테지만, 나는 보이는 대로 읽다가 스트레스가 쌓인다 싶으면 눈앞에서 치워버리는 타입이었다.

처음에는 나보다 부모님 심경이 더 신경 쓰였다. 본인들도 내 욕을 엄청나게 할 테지만, 그래도 딸이 밖에서 얼굴도 모르는 사람들한테 욕먹는 모습에 얼마나 속상하실까 싶은 마음이었다. 특히 아빠는 내 책을 한 권도 읽지 않았으나 인터뷰 기사나 독자 반응만큼은 나보다 더 꼼꼼히 챙기는 사람이었다. 나는 아빠가 그만큼이나 포털 사이트 검색에 능하다는 걸 작가가 된 후에 알았다. 인터넷 뱅킹도 못 하는 사람이 온라인 서점별, 검색 엔진별로 검색 회로를 만들기까지 얼마나 시행착오를 거쳤을까 생각하니 내 책 안 읽는 것쯤이야 어떤가 싶어졌다.

그러던 어느 날 뉴스 기사 댓글 창에서 반나절 만에 500개의 악플을 받았을 땐 부모님이 정말로 걱정되었다. 혹시 둘이 부둥켜안고 울고 있는 것은 아닐까……. 속상한 한편 창피하기도 했다. 욕먹는 것 자체보다 욕먹는 내 모습을 누구나 볼 수 있다는 사실이 수치스러웠다.

이럴 땐 어떤 태도로 있어야 괜찮아 보이는지, 감이 오지 않았다. 필요 이상으로 당당하게 굴면 더 애잔해 보일 테고, 슬픈 만큼 슬퍼하자니 그것도 우중충할 것 같았다. 그래서 나는 화를 냈다. 실제로도 분노라는 감정이 제일 앞섰다. 욕을 먹은 것보단, 그 많은 악플 중 책 제목이나 내용을 언급하는 사람이 단 한 명도 없다는 것에 환멸이 났다. 기사 본문에 내가 어떤 책을 쓴 사람인지 분명히 명시되어 있었지만, 악플러 중 누구도 기사를 제대로 읽은 사람이 없는 듯했다.

그들이 물어뜯는 건 내가 여성 ADHD라는 점 하나였다. 초연하려 애썼지만, 실은 그즈음 힘들었다. 밤마다 대댓글로 달아주고 싶은 악독한 말들이 떠올랐다. 그런데 웬걸. 악독한 말의 실체는 유치하기 짝이 없었다. "너나 잘해.", "미친 건 너거든?", "평생 불행해라⋯⋯." 구시렁거리다 보면 내가 쓰는 언어들이 너무 단편적이라 내 직업이 작가가 맞나 싶기도 했다. 하지만 남을 저주하는 언어 따위가 다양해 봤자 속이 시원할 것 같지도 않았다. 고민 끝에 얼마간 우울증 약을 먹어보기도 했는데, 그쪽이 해결책은 아니었던 건지 딱히 효과가 없었다.

그래도 대규모 악플 사태를 일찍이 겪은 후로는 악플에 대한 태도를 규정해 놓고 작업에 임할 수 있게 되었다. 내가 택한 방법은 최대한의 무대응이었다. 최선이라 생각지는 않았기에 혹시 모를 고소를 염두에 두고 여러 명의 아이디와 닉네임, 댓글 웹 주소를 따놓긴 했지만 결국 사용하진 않았다. 나는 항상 같은 이유로 열중하던 일을 그만두곤 하는데 이번에도 똑같았다. 나에겐 악플 사건에 쏟을 집중력이 없어 길게 신경을 쓸 수가 없었다. 비탄에 빠져 일상의 풍경이 색깔을 잃은 와중에도 행복한 일들은 하나둘씩 생겨났다. 나는 단지 그런 소소한 일들이 더 최신이라는 이유로 오늘에만 주의를 빼앗겼다. 삶이 엑셀 문서라면, 내 인생은 날짜순으로만 정렬되는 무척 단순한 표일지도 모르겠다.

✦

게다가 나는 어릴 때부터 별별 욕을 다 먹으며 자랐다. 그러다 보니 이젠 일정 수준의 비난에 대해선 면역이 생긴 상태였다. 물론 온라인이란 가상 공간에서 불특정 다수에게 쌍욕을 먹은 경험은 이번이 처음이었다. 그러나 사람들이 함부로 내뱉는 악담의 골자 자체는 낯설지 않았다. 이때 나는 의외로 삶의 구성 원리를 일부 깨닫기도 했다. 구질구질한 일상이나마 지속하다 보면, 문득 과거의 수치가 미래를 수호하는 방패가 되기도 한다는 것이었다.

슬프고도 재미있는 사실은 악플러가 다른 악플러의 의견을 뒤집는 일이 빈번하다는 것이었다. 누군가가 내게 '저런 미친 여자는 책을 쓰면 안 된다'고 고함치고 있으면, 곧 새로운 악플러가 와서 '책을 쓸 수 있을 정도면 저 여자는 미친 척하는 정상인'이라고 덧붙이는 식이었다. 그들의 대립을 지켜보며 잠시 고민에 빠지기도 했다. 그들의 말대로라면 나는 미친 여자인가, 안 미친 여자인가……? 책을 써도 된다는 말인가, 쓰지 말라는 말인가? 어쩌라는 것인지? 어쩌면 악플러라는 사람들은 결자해지에 특화된 유형일지도 몰랐다. 실제로 그들의 계정을 눌러 작성한 댓글 내역을 읽고 있으면, 그들이 준 고민이 사라지고 있음을 느낄 수 있었다. 그들은 나 말고도 거의 모든 한국 여자를 미친 사람 취급하고 있었지만, 모든 문장에 논리가 없었다. 그들이 애잔해질 때면 나는 보던 댓글창을 닫았다. 나쁜 사람들을 불쌍하단 이유로 용서하게 될까 봐서였다.

그들을 이해하기 위해 어두운 방구석에서 스마트폰이나 컴퓨터 모니터만 밝혀둔 채 자판을 토독토독 두드리는 장면을 상상하고 있으면, 결국 이 모든 행위가 대체 무슨 소용인가 하는 심정만 남았다. 악플의 주인공은 결국 내가 아니었다. 그들이 나를 공격함으로써 위로하고 싶었던 주체는 그들 자신뿐이었다. 나는 그들의 실패한 인성을 정당화하기 위해 소비되는 데이터에 가까웠다. 악플러들이 본질에는 관심이 없다는 사실이 오히려 묘한 위로가 되어줄 때도 있었다. 억울하게 먹는 욕보다 더 아픈 욕은, 억울할 것도 없게 나를 매섭게 꿰뚫는 욕일 테니 말이다.

수백 개의 악플을 받아본 후 내 일상에 달라진 게 있다면, 인터넷 공간에 그 어떤 댓글도 달지 않던 내가 이제는 의무적으로 일정 개수의 선플을 단다는 거였다. 애석하게도 좋은 댓글은 나쁜 댓글을 상쇄하지 못한다. 좋은 댓글이 주는 긍정적 에너지와 나쁜 댓글이 가져오는 참담함은 각자 다른 영향력을 지닌다. 하지만 그래도, 그럼에도 불구하고 이런 행동이 무의미하다는 생각은 들지 않는다. 내가 남기는 조각글이 어떤 이의 슬픔을 단번에 가져가진 못해도 괜찮다. 세상이 온통 악의로 가득하다는 누군가의 생각에, 그래도 아직 세상은 따뜻하지 않냐는 반문의 계기가 될 수 있기를 바랄 뿐이다.

시간 부자, 금전 거지

멀쩡히 잘 다니던 회사를 관두고 전업 작가로 전향하기를 결심했을 때, 주변 사람들은 따뜻하게 나를 타일렀다. "아니야, 다시 고민해 보자." 하지만 나의 결심은 단호했다. 당시에 나는 불면증이 심해 깨어 있어도 제정신이 아니었다. 살고 싶다면 출근을 그만두고 잠을 자야 했다. 창피한 일이지만 당시 내 근태는 엉망진창이었다. 잠들지 못하는 날이 늘어나니 피로가 극심해졌고, 나중에는 계속되는 지각에 죄의식도 느끼지 못했다. 그때 나는 배웠다. 하루에 스무 시간 이상 눈 뜨고 사는 사람에게는 도덕 및 양심 탑재가 쉬이 허락되지 않는다는 것을. 하긴, 지금이 밤인지 낮인지도 인지하지 못하는 사람에게 무엇이 가능하겠는가.

돌연 퇴사를 선언하자 부모님은 차마 혀도 차지 못할 정도로 당황한 기색이었다. 나는 두 분의 침묵을 응원으로 받아들였지만 사실 그것은 부모와 자녀 사이에 빈번하게 일어나는 'GBS 현상'에 불과했다. 'GBS'는 나만의 암호인데 우리 말로 풀자면 '갑분싸'다. 그땐 내 피곤이 너무 부담스러워 부모님의 걱정까지 떠안을 여력이 없었다. 마침내 마지막 출근을 끝낸 후에도 전업 작가가 된다는 환희보다는 "잘 수 있구나, 오, 잘 수 있어!"라는 안도감이 먼저 들었다. 그런 생각을 하면 부모님께 드렸던 약간의 죄송스러움을 회수할 수 있었다. 엄마아빠 입장에서도 다 큰 딸의 병 수발을 드는 수준보다는 딸이 조금 한심해 보이는 선에서 멈춘 게 다행 아닐까 싶은 것이다. 그러나…….

전업 작가로 1년여를 보내며 크게 깨달은 것이 하나 있다. 아무도 나처럼 무모하게 살지 않는다는 거였다. 친구들은 물론 친구의 친구들 사이에서도 나보다, 나처럼 무식하게 진로를 바꾸는 사람은 없었다. 내심 바보라고 생각하던 사람도 나보다는 자기 앞날을 챙기며 살았다. 프리랜서로 전향한 후 소원대로 잠만보가 된 나는 문득 곤궁해진 지갑을 깨닫고 온종일 인중만 긁적이고 있었다. 코 밑을 판다고 돈이 나오는 건 아니지만 손가락이라도 움직이지 않고서는 대단히 망한 기분을 떨치기 어려웠다.

처음에는 수입 자체가 줄어든 게 문제라고 생각했다. 어쩌면 프리랜서의 밥벌이 수준이 일정하지 못한 게 에러인 것 아닌가? 하지만 이는 모조리 변명이다. 실은 내가 회사원 시절 확장해 놓은 씀씀이를 프리랜서 시정에 맞게 전혀 줄이지 못하는 게 문제였다. 배달의민족, 카카오택시, 오늘의 집, 마켓컬리, 펫프렌즈… 나는 수개월 째 갖가지 쇼핑 앱에서 VIP 등급을 유지하는 중이었다. 내가 사랑하는 앱들 덕분에 나를 사랑하는 앱도 생겨났다. 특히 신용카드 앱은 나를 너무 신뢰한 나머지 대뜸 기존의 한도를 200%로 상향해 주기도 했다. 나는 그 제안을 흥미롭게 받아들인 대가로 매달 빈털터리 신세가 되었다. 카드사 앱에서 "맛집 탐방의 고수시군요!", "나의 스타벅스 사랑은 상위 10%!" 따위의 문구를 볼 때마다 약이 오르는 사람은, 풍족한 생활을 영위해도 결코 부자가 될 수 없다.

가끔은 나를 진심으로 부러워하는 회사원 친구들도 있었다. "어쨌든 너는 네가 뛰는 만큼 벌잖아. 개인적인 시간도 많고." 그 말은 타당하다. "예술가는 잭폿 하나 터지면 평생 놀고먹을 수 있는 거 아냐?" 그것도 맞다. 하지만 우리는 '잭폿'이란 단어가 애초에 도박에서 비롯된 용어임에 주목해야 한다. 예술은 의외로 정직하여, 예술가에게 겜블러가 될 기회를 쉬이 준 적이 없다. 예술가가 마음껏 활개를 칠 수 있는 게임은, 핸드폰 속 캔디 크러시 정도일 것이다.

시간 부자 상태는 오히려 금전 거지 신세로 이어질 확률이 높다. 시간이 많다는 건, 누군가에게는 돈을 아낄 시간보다 돈을 쓸 시간이 많다는 뜻이다. 그에게 빈 시간을 채워줄 물건과 음식과 옷들이 더 많이, 자주 필요하다는 의미이기도 했다. 내가 회사 밖에 있다는 것은 그동안 회사가 부담하던 점심값, 사회보험료, 자기 계발비 등을 몽땅 혼자 내야 한다는 뜻이었다.

이런 입장이다 보니 오히려 자기 자신을 '하우스 푸어'나 '카 푸어'로 지칭하는 친구들이 부럽기도 했는데, 나는 그런 식으로 나를 수식할 단어조차 없는, 진실로 '푸어'였기 때문이다. 가끔은 최저 시급에 얽매이지 않는 형태로 근무한다는 것이, 극강의 자유인지 부자유인지 헷갈렸다.

그러나 이제는 신세 한탄을 멈췄다. 절약에 대한 불가능한 강박도 지워내고 있다. 한때는 돈을 이따위로 쓰면 반성이라도 하는 게 최소한의 양심 아닐까 싶기도 했다. 하지만 내 경우엔 자학이 오히려 위선이었다. 반성을 진실로 만드는 것은 반성 후의 개선이었다. 하지만 나는 아무것도 고치지 않으면서 그저 입으로만 "큰일이군", "정말 큰일 났네", "이보다 더 큰일이 벌어질 순 없어"라며 중얼댈 뿐이었다. 솔직히 말하면 나의 반성은 일종의 유희였다. 가끔 진실로 가슴이 선득해질 때도 있었지만, 그렇게 받은 스트레스도 결국 소비와 지출로 풀어버렸다.

문득 카드값을 확인해 보니 이번에도 공개 즉시 명예가 실추될 정도의 큰 금액이 떠 있다. 그래도 지난달보다 최악은 아님에 감사하며 서둘러 다음 작업으로 나아간다. 더 쓰고 더 벌고, 그러다 보면 쓰는 '나'와 버는 '나' 중 하나가 몹시 지칠 테고, 추후 계획은 승리자 위주로 다시 꾸려보려 한다…!

실수잖아, 실패도 아니고

익명의 독자님으로부터 질문 쪽지를 하나 받았다.

"작가님은 직장생활 할 때 어떤 마음가짐이셨나요? 전 남들에
비해 이해력도 느리고 뒤떨어지는 게 확연해서 항상 어쩔 줄
모르겠어요……. 작가님은 어땠는지요?"

사실 직장은 정말 이상한 곳이다. 너무 많은 사람과
일이 모이니까 변수가 발생할 수밖에 없는데, 모든 게
다 잘 돌아가는 상태를 디폴트로 두는 점이 그렇다. 솔
직히 나는 회사가 인류 발전을 견인하는 핵심 점조직이
자, 문명적 광기라고 생각한다. 노트북 백팩 대신 돌도
끼를 들고 다니던 시대엔 회사라는 망측한 개념이 없
었던 것만 봐도, 출근이란 인간의 본능과 참으로 먼 행
위가 아닐지……. 그러니까 회사에서 온갖 스트레스와

수모를 느끼는 것은 당연하다. 원래 힘든 것이니 감내하라는 말이 아니다. 오히려 우리가 늘 그 당연해 보이는 힘듦을 의심하고 뜯어봐야 한다는 뜻에 가깝다.

나 역시 회사원 시절에는 그리 탁월하고 유능한 직원이 아니었다. 그래도 무력감이 느껴질 땐 각자의 요구를 분리하는 연습을 많이 했다. "부장님이 시킨 일은 부장님이 원하는 것이지, 내가 원한 게 아니다"라는 식으로. 좀처럼 마음이 가라앉지 않을 땐 이 같은 건조한 사실들을 계속하여 되새겼다. '부장님 말 안 듣는 나'의 모습이, '자기 자신의 요구도 충족하지 못하는 나'보다는 나았기 때문이다.

남의 요구는 어쨌든 내게 선택권이 있다. 다만 월급 때문에 선택지가 없어진다는 것보다 월급이 너무 막강한 선택지라는 느낌……. 하지만 나는 이 주체성이 무척 중요하다고 생각한다. 회사의 요구를 본인 내면의 요구처럼 느끼기 시작하면, 회사생활이 선택의 연속이 아니라 실패의 연속이 된다. 실패는 사람을 위축시키고 당황하게 만들어, 더 진화된 실패를 만든다.

부장님 말을 안 들었다면, 그 일에 관해서만 부장님한테 미안해하면 그만이다. 그 문제의 원인으로 나를 지목하고 자학하기 시작하면, 이는 나에 대한 2차, 3차 징벌이 된다. 어차피 실수하면 직장 내에서 눈치든 책임이든 특정 업무적 불이익이 따라오기 마련이다. 그러면 그걸 벌 받은 걸로 생각한 후에, 이미 내가 대가를 치렀음을 인식하는 과정이 필요하다.

✦

조직은 최고로 우수한 사람만 필요로 하는 곳이 아니다. 이것은 애초에 성립될 수 없는 전제다. 조직원 모두가 최고로 우수한 인재라면, 결국 아무도 우수하지 않다는 것이기 때문이다. 어차피 우수한 인재들만 모아놔도 누군가는 낙오자가 되고 만다. 그래서 나는 차라리 조금 다른 방식으로 본인의 자리를 찾는 것이 낫다고 생각한다. 특히 '모두한테 받아들여지는' 분위기에서 잠재력이 발휘되는 사람이라면, 사람들 간의 관계에 적응하는 것 자체가 업무가 된다. 실수를 아예 하지 않는 것은 불가능하다. 그러니 실수하더라도 괜찮다는, 관용의 분위기를 만드는 게 먼저 아닐까 싶다.

더불어, 실수를 판단할 수 있는 권한은 나에게도 있

다는 걸 반드시 기억해야 한다. 일단 상사나 동료들의 피드백을 곧이곧대로 내재화하지 말고, 그 말들을 되새겨 나만의 방식으로 소화하는 것이다. 그 과정에서 불필요하게 감정적인 표현들은 털어내고, 조언이나 충고의 성격을 띠는 것을 집으로 가져간다. 상투적인 말이지만 어차피 누구나 실수를 한다. 오늘의 실수왕이던 나도 언젠가는 누군가의 실수를 너그러이 받아주는 사람으로 성장할 수 있다. 그날이 부디 빨리 와주길……. 일단 오늘을 열심히 수습하며 살아봐야겠다.

Don't Try!

몇 년 전, 한여름 뙤약볕에 서울 전역이 지글지글 끓던 날이었다. 나는 무거운 짐을 왕창 짊어진 채 유명한 부촌의 골목길을 걷고 있었다. 등짝도 모자라 양손에까지 매달린 짐들 때문에 내딛는 걸음걸음이 팍팍하고 힘겨웠다. 그러다 문득 낌새가 이상해 뒤를 돌아보니, 마세라티 한 대가 내 속도를 해치지 않으며 슬, 슬, 슬, 슬 쫓아오고 있었다. 언제부터 나를 따르고 있던(?) 건지 알 수 없었다. 당시엔 마세라티가 뭔지도 몰랐지만, 나만 없다면 마하의 속도로 우주까지 가고도 남을 차라는 건 확실했다.

처음에는 비키거나 서두르는 시늉이라도 하려 했다. 하지만 길이 너무 좁았고 짐을 포함한 내 부피가 거대해 여의치 않았다. 비지땀을 죽죽 흘리며 그저 설, 설, 설, 설 기어가는 것이 나의 최선이었다. 엔진음도 없이 마세라티는 사거리에서 방향이 갈라질 때까지 몇 분이나 기꺼이 내 뒤를 서행해 주었다. 쩔쩔매던 내가 운전석을 향해 꾸벅 고개를 숙였을 때 그 남자가 되돌려 준 인사와 미소가 잊히지 않는다. 뭐 이런 걸 갖고 그러냐는 듯, 우리 사이 감사할 일이 있기나 하냐는 듯 유려하고 우아한 태도였다. 그때 나는 저런 것이 바로 진정한 부富이고 여유이며 멋이로구나, 감탄했다.

운전면허가 없는 나는 이 감동적인 사연을 아버지에게 말해주었다. 내가 받은 배려를 아버지가 대신 세상에 갚아달란 의미였다. 하지만 아버지는 내 말이 끝나기도 전에 인상을 팍 찌푸릴 뿐이었다.

"아빠는 솔직히 길에서 너 같은 애들 보면 울화통이 막 터져."

"나 같은 애들이 뭔데?"

"멍~하게 입 벌리고 세월아, 네월아 걷는 애들 말이야."

"뭐야, 나도 아빠 같은 운전자들 짱 싫거든……. 그리고 나 입은 꾹 닫고 다녀."

"웃기시네, 너 길에서 명랑 핫도그인가 뭔가 먹으면

서 걷는 거 한두 번 본 줄 알아? 운전석에서 네 어금니까지 보이더라."

"우이쒸……."

어쩌면 아버지 정도의 조급함이 대한민국 표준일 것이다. 대부분 참아주는 배려보다는 클랙슨을 갈겨버릴 자유를 선택한다. 남 때문에 남보다 느려지느니 남을 치워버리는 것이 합리적인 처사라는 마음에. 하지만 세상에는 드물게 일면식도 없는 행인을 위해 인내와 시간을 내어주는 호인들이 있고, 나는 그런 종류의 부유함을 본받고 싶었다. 열심히 살다 보면 언젠가는 나 역시 마세라티맨처럼 좋은 차와 상냥함을 가질 수 있지 않을까 입맛을 다셨었다.

하지만 나의 구차한 처지와 바쁨들은 언제고 숭고한 목표를 방해했다. 특히 회사원 시절의 나는 모든 것을 잠시도 참아내지 못했다. 단골 카페 알바생이 불친절하거나 배달 직원이 예상 도착 시간을 지키지 않거나, 택배가 잘못 오거나, 직장 동료가 어제도 물어본 걸 오늘 또 묻거나, 내고 내도 자꾸 더 내야 할 세금이 발생하거나……. 그저 일상적인 순간들임에도 천박하리만치 커다란 분노가 치솟곤 했다. 최소한의 교양을 지키고자 화를 억누를 때마다 속으로는 열불이 휘몰아쳤다. 그때 나는 나 이외의 인간들이 하나같이 미쳤다고 생각했다.

'왜 일을 이따위로 하지?', '왜 군이 여러 번 대답하게 만들지?', '왜 실수하고도 실수한 만큼 사과하지 않지?', '왜 모든 것이 이렇게까지 비싼 거지?' 따위를 궁리하느라 나 하나만 유독 강퍅하고 미쳤을 가능성은 헤아리지도 못했다. 솔직히 이때의 나는 좀 나쁜 기운을 풍기며 다녔던 것 같다. 덕분에 기운에 민감한 사람들—사이비 종교 신도들—의 접근을 완벽하게 차단할 수는 있었다. 나라도 나처럼 눈을 반만 뜨다가 아예 까뒤집기를 반복하며 쿵쾅쿵쾅 걷는 사람에게 선뜻 말을 걸진 않을 것 같다.

그렇다고 내가 24시간 내내 화만 내는 건 아니었다. 그땐 모든 감정이 격동했으므로 급속 냉동 썰렁 유머에도 파안대소를 할 수 있었다. 반대로 코웃음이 날 정도의 시시껄렁한 사연에 대뜸 오열을 일삼기도 했다. "너무 웃겨", "너무 슬퍼", "너무 열받아"를 내뱉을 때마다 친구들은 "대체 뭐가? 어떤 부분이?"라고 되묻곤 했다.

✦

　나는 인생을 상대로 일종의 블러핑bluffing을 시도했던 것 같다. 내면적 파산 상태를 감추기 위해서. 내 젊은 날엔 후진 패밖에 주어지지 않았다는 걸 외면하기 위해서. 오히려 다채로운 인간인 척 감정과 내 언어를 과장하고 부풀렸다. 그러나 차츰 선명한 증거들이 나오기 시작했다. 개중 최악은 불면증이었다. 잠을 너무 못 자니까 '푹 자고 싶다'는 막연한 소망이, '누가 날 한 대 쳐서 기절시켜 주면 좋겠다'는 이상하고 구체적인 바람으로 변모했다. 막판에는 그저 '영영 눈 뜨지 않고 잠만 자고 싶다'는 생각만 들었고, 자살 충동을 느낀 게 절대 아니었음에도 나는 회사를 그만두었다. 혓바늘로 입 안이 부르트고 눈알이 깔깔한 채로 부연 동틀녘을 목격하는 날들이 지긋지긋했다.

　그때 난 사람을 사람답게 만드는 것들이, 생각보다 진중하거나 무거운 게 아니라는 걸 알게 되었다. 도덕, 철학, 법, 사랑, 다정…… 심지어 돈까지도 몇 시간의 단잠보다 가벼웠다. 생각해 보면 매일 꿀잠을 잔다는 미치광이 이야기는 들어본 적이 없었다. 저녁 열 시에 잠들어 아침 일곱 시에 일어나는 사람은 미치고 싶어도 미치지 못한다. 그의 수면이 그를 건강하게 껴안은 채 절대로 놓아주지 않기 때문이다. 하지만 잠을 못 자는 사람은 단 3일 만에 사이코가 되고 만다. 도덕과 더덕, 법과 밥, 사랑과 사망의 경계가 희미해지고 자신의 힘으로는 잃어버린 선善을 복원할 수 없다.

삶의 태도보다 삶의 존속이 더 큰 문제였던 나는 몇 년 전 여름날 만난 그 젠틀맨의 기억을 싹 잊고 살았다. 그처럼 되길 바랐다는 사실조차 잊은 채 한동안 죽은 듯이 밀린 잠을 잤다. 퇴사와 동시에 전업 작가 생활을 시작했기에 노동 자체를 멈춘 것은 아니었다. 다만 왕복 3시간(궂은 날씨엔 최대 5시간 30분)의 통근 과정이 사라진 것만으로도 건강은 놀랍도록 좋아졌다.

이후부터 내 휴식의 단위는 오로지 수면 시간이 되었다. "잘 수 있느냐"가 곧 나에겐 "쉴 수 있느냐"였다. 따라서 데이트, 여행, 술자리, 쇼핑, SNS 같은 것들은 전혀 휴식이 아니었다. 오히려 정반대라는 생각이 들기도 했는데, 그것들이 재미날수록 나는 다시 잠자는 일을 잊었기 때문이다. 글쓰는 일은 정체가 무엇인지 헷갈렸다. 재미있으면서도… 글만 쓰려고 하면 자꾸 졸렸다.

　포털 사이트에서 번아웃 증후군burnout syndrome을 검색하면, "한 가지 일에 몰두하던 사람이 정신적 육체적으로 극도의 피로를 느끼고 이로 인해 무기력증, 자기혐오, 직무 거부 등에 빠지는 증상"이라고 나온다. 나는 바로 그 점 때문에 내가 번아웃일 리 없다고 확신했다. 업무는 익숙해진 지 오래였고 매주 단순 반복인 터라 큰 스트레스를 받을 만큼의 난도는 아니었다. 상사나 동료들과의 사이도 좋았다. 번아웃 상태임을 받아들이기 이전에, 일단 나는 새까맣게 타버린 '번burn' 상태에도 도달하지 못했다. 나중에서야 나는 일이나 회사생활이 아닌, '출퇴근' 행위에 크게 지쳤다는 걸 깨달았다. 하지만 당시엔 이 때문에 징징대는 게 엄살이라고 생각했다. 아무리 궁리해 봐도 내겐 '지칠 자격'이 없었다. 이룬 것도 없으면서 무엇에 지쳤다는 말인가? 자기 명의의 아파트나 자가용, 놀라운 액수의 적금, 국가고시 합격증 중 하나쯤은 있어야 지쳤다는 선언이 합당해지지 않을까? 혹시 놀고만 싶다는 생떼가 민망해 쉬고 싶다는 말로 우회하는 중은 아닌가……. 퇴사 날짜를 확정하고 마무리에 열중하면서도 마음이 싱숭생숭했다.

막상 퇴사한 뒤로는 '깊은 고민'이란 행위 자체를 의심하게 되었다. 깊은 생각은 깊은 통찰이 아니라 깊은 우울을 보장했다. 많은 생각 또한 많은 해결책보단 많은 스트레스를 가져왔다. 생각에는 무조건 감정적 이자가 붙기에, 너무 오래 혹은 많이 해서 좋을 게 못 되었다. 남들 회사 갈 시간에 집에 있어 보니, 그전엔 없던 낙관과 깨달음들이 저절로 나를 찾아왔다.

사실 내 삶에는 늘 월세, 카드값, 학자금과 싸워서 이겨야 한다는 비장함이 존재했다. 하지만 진짜 적군은 금전보다 죄책감이었다. 월세, 카드값, 학자금에 관한 뾰족한 수가 없다는 막막함, 그럼에도 불구하고 매일 돈을 마구 써 댄다는 찜찜함, 인생이 답보踏步 상태에 빠진 걸 알면서도 구제할 노력을 안 한다는 한심함 등이 나를 죄인으로 만들었다. 어쩌면 내가 겪은 번아웃의 근간도 결국은 나 자신의 욕구 전반을 죄악시하는 습관에서 비롯된 것일지 모른다.

무엇이든 간에 나는 그만 석방되고 싶었다. 지칠 자격을 따지는 것에도 지쳐버린 나머지 '편안함'이 백화점에 있다면 샤넬만큼의 값을 주고서라도 구매하고 싶었다. 하지만 어떤 브랜드에서도 내 마음을 판매하진 않는다. 내 마음처럼 작고 고유한 것 따윈 그들에게 상품조차 되지 못한다. 역설이지만 세상에서 제일 바보 같은 나만이 최고의 나를 생산할 수 있다. 돌려 말하면, 너무 싫은 과거의 나 역시 당시의 내가 노력해서 일군 최선의 결과란 뜻이었다. 나는 변명이나 첨언 없이 나의 번아웃을 인정하기로 했다. 일단 현상을 인정해야 쉴 만큼 쉬고 난 뒤에 '열심'을 다할 용기가 날 것 같았다. 필수로 일독해야 할 것 같아 구매했던 온갖 베스트셀러도 치워버렸다. 억지 독서를 멈춘 것만으로 꿈자리가 밝아졌다. 나는 출판계 동향 대신 내 인생의 방향을 살피며 사소한 금기나 인위적 규칙들을 하나씩 지워나갔다. 새집으로 이사와 새 짐을 놓기 위해, 우선 거미줄을 걷어내는 듯한 기분이 들었다. 아직 완연한 휴식도 아니고 그저 초입이었지만 느낌이 좋았다.

✦

　근거 없이 느낌 좋은 일들은 어떻게든 망한다는 징크스가 있었다. 그게 휴식에도 적용될 줄은 몰랐지만.

어쨌든 퇴사 후의 생활 또한 착실히 예상을 벗어나고 있었다. 나는 내 생각보다 노는 것을 사랑하는 사람이었다. 그리고 놀라울 만큼 양심이 없었다. 부담 없이 빈둥거리게 두면 부담이 저절로 생길 줄 알았는데 놀고 놀아도 노는 일엔 끝이 없었다. 처음에는 이래도 되나 싶은 알쏭달쏭함을 가졌으나 곧 무뎌졌다.

나는 가끔 할 일이 없다는 사실이 너무 좋아 눈물을 흘렸다. 할 일만 없나? 내겐 갈 곳도, 배울 것도, 만날 사람도 없었다. 아무도 날 보지 않고 아무도 내 이름을 부르지 않는 일상 속에서 나는 환상적인 해방감을 느꼈다.

책 판매량이 여의치 않는다면 언제든 회사로 복귀할 의사도 있었다. 퇴사한 지 얼마 안 되었을 때의 이야기다. 점차 시간이 지나니 굶어 죽더라도 다시 그 짓은 못하겠단 생각이 들었다. 서른 살 넘은 성인 여성이 이렇게까지 돈이 없어도 되는 건지 시무룩할 때마저도 마스크 속 잇몸은 자주 말라 있었다. 언젠가부터 좋은 일 하나 없이도 히죽히죽 웃는 습관이 들었기 때문이다. 나는 회사 다닐 때보다 애교살이 통통한 사람이 되었다. 항시 웃게 된 후로는 화가 나 마땅한 상황에도 화가 나지 않았다. 예전엔 멈추고 싶어도 멈춰지지 않던 생각들이 정반대의 양상으로 펼쳐졌다. '사람이 바쁘다 보면 일을 저따위로 할 수도 있지.' '두세 번 설명해 주는 게 뭐 그리 힘들다고. 나는 다섯 번도 말할 수 있어요.' '실수하고 나면 당황해서 사과가 잘 안 나올 때가 있잖아. 저분도 그런가 봐.' '경기가 안 좋으니 물가가 오르는 걸 어쩌겠어.' 지구촌 식구들이 모두 제정신을 회복했나 싶을 정도였다.

하지만 역시 가장 많이 변한 것은 나였다. 특히 저 "어쩌겠어"는 거의 만능 주문이었다. 뭔가 이상할 때마다 "어쩌겠어…"라고 중얼거리며 머리를 몇 번 득득 긁으면 의문이 사라졌다. 언젠가부터는 타인에게 갈고리처럼 날카로운 물음표를 들이대는 일이 더 어색하게 느껴졌다. 악다구니를 쓰지 않아도 이미 속이 후련해서였다. 참을성의 역치가 높아졌다기보단, 참을성이 필요한 사건들이 내게서 사라진 덕분이었다.

✦

나는 내가 마세라티와 한없이 멀어지는 동시에 마세라티 젠틀맨과는 조금 가까워졌음을 느꼈다. 구멍 난 살

림에도 가끔은 기부를 했고, 아기차를 끌거나 아기를 동반한 사람에겐 넓은 자리와 주문 순서를 곧잘 양보했다. 카페나 음식점 알바생이 허둥거리면 천천히 하셔도 좋다는 말 한마디를 덧붙였다. 사이비 전도꾼들까지 나를 친근히 여긴 것, 너무 입맛이 좋아 10kg이나 불어난 것을 제외하면 나쁘지 않은 변화였다. 더 정확히 말하자면 지금의 내가 (성인이 된 이후) 내 삶에서 가장 착한 나였다. 가장 많이 웃고 가장 많이 행복을 느끼는 나이기도 했다. 아버지는 이제 나 같은 애들이 싫다고 말하지 않는다. 그보다는 "우리 둘째가 드디어 사람이 되었다"는 말을 자주 한다. 이전의 내가 나빴냐 하면, 바빴을 뿐이라 말하고 싶다. 하지만 그 둘은 별반 다르지 않다.

　나는 친절이나 배려, 도덕성이 인성에서 비롯된다고 생각했다. 그것은 어떤 식으로든 높은 경지를 이룬 인류에게만 주어지는 자산이라고. 하지만 지금은 작은 친절일수록 물리적인 조건에서 비롯된다고 생각한다. 시간이 많은 사람은 자신의 시간을 나눠준다. 나누고도 나눴다는 사실을 곧잘 잊는다. 사람들에게 돌려받을 것이 많았을 때보다 나눠주는 지금이 훨씬 자유롭다고 느낀다.

　이는 절대 퇴사를 부추기는 글이 아니다. 앞서 몇 번

언급했듯이, 나는 전업 작가가 된 후 더 궁핍해졌다. 실질적인 벌이가 줄기도 했고, 돈 벌 시간보다 돈 쓸 시간이 많아진 탓도 있다. 나를 옭아매던 나인 투 식스9 to 6 시스템에서는 해방되었지만, 하루에 여덟 시간 이상 일할 때, 공휴일에 일할 때, 나흘 밤을 새울 때가 전보다 더 많다. '마음 부자'란 관념적인 정의일 뿐, 관념으론 쌀도 옷도 세금도 해결할 수 없다는 사실만큼은 확실히 하고 싶다. 다만 궁극적으로 하고 싶은 말은, 우리가 '어떻게 일할 것인가'만큼 '어떻게 쉴 것인가'에도 집중해야 한다는 것이다.

　　나도 예전에는 무심코 일과 쉼을 대척점에 놓았었다. 제대로 일하는 사람은 쉴 시간을 아껴 정진하는 사람이며, 반대로 쉬려고만 드는 사람은 얄미운 뺀질이라 여기기도 했다. 그래서 놀러 다니고도 안 논 척하거나 놀면서도 스트레스를 받곤 했다. 하지만 이제는 잘 쉰다는 사실을 자랑스럽게 여기려고 한다.

　　하루를 푹 쉬고 나면 다음 날을 시작하는 에너지가 달라진다. 이틀을 쉬면, 그는 기분 좋은 사람이 된다. 사흘이면 좋은 기분을 남과 나눌 줄 알게 되고, 일주일을 쉬면 웬만한 일에 화가 나지 않는 상태가 된다. 한 달을 쉬면 반드시 성격이 바뀌고, 두 달 이상을 푹 쉬면 누구나 아기처럼 사랑스러운 상태로 돌아간다. 본인의 변화는 주변을 한 바퀴 돈 후 다시 본인에게 스며든다.

마지막으로는 앞서가신 대문호 선배님의 묘비명을 적어놓고 싶다. 가끔 꺼내 음미하면 아주 긴 위로보다 더 유용한 문장이다.

Don't Try. (애쓰지 마.)

— 찰스 부코스키Charles Bukowski의 묘비명

나는 가끔 이 문장에 나 좋을 대로 꾸밈을 붙이기도 한다.

"너무 애쓰지 마. 절대로 애쓰지 마. 그냥 애쓰지 마."

그러다 보면 애쓰는 일이 더 이상하게 느껴진다. 언젠가 내 묘비명에도 누군가를 채찍질하는 말보다는 다독이는 말을 적고 싶다고 생각하면서, 일단 오늘부터 푹 쉬자.

개미는 여행하지 않는다

내게 여행이란 이래도 그만, 저래도 그만인 일이었다. 여행 계획이 수립되고 성사되는 과정 역시 단순했다. 누군가가 나에게 떠나자고 말하면, 나는 그 제안을 얼렁뚱땅 승낙한다. 그러고는 실제로 휙, 그곳에 다녀오는 것이다. 그러나 팬데믹은 순식간에 우리로부터 바깥에 존재할 자유를 압류해 갔다. 어떨 땐 편의점에 가거나 업무 미팅을 잡는 일조차도 감염 가능성에 삶을 배팅하는 것처럼 느껴졌다.

그러나 금기에는 이상한 마력이 깃들기 마련이다. 무엇이든, 완전히 금지되는 순간부터는 속절없이 아름다워진다. 나는 곧 별 뜻 없던 여행에 절실해졌고, 지구 반대편쯤으로 훌쩍 떠나고 싶은 마음을 꾹꾹 참아야만 했다. 애석하게도 욕망을 참으며 깨달은 것은, 그것을 내가 얼마나 간절히 욕망하느냐 뿐이었다. 이 순간 여행을 참는 마음 자체가, 여행에 대한 욕망이 임계치에 달했다는 방증이었다.

나는 짧게나마 방문해 본 국가들을, 가보지 못한 시간 동안 자주 상기했다. 일본, 대만……. 또 가려다 말았던 여행지들을 떠올리기도 했다. 동남아와 유럽……. 그러자 저 멀리, 뜬금없이 갈 엄두도 내보지 않았던 아프리카나 아랍까지 그리워졌다. 콜럼버스가 1400년대에 다녀온 미국을 21세기의 내가 갈 수 없다니! 현실을 깨달을 때마다 어쩐지 괴상했다. 그러나 사상 최악의 전염병 시국에서는 무엇 하나 어그러져도 괴상하지 않을 게 없었다. 집에서 홀로 미쳐가던 나는 차라리 호화 여행을 계획하며 여행에 대한 그리움을 달래기로 했다.

팬데믹 이전, 심신이 자유롭던 시절의 내가 여행을 즐기지 않았던 까닭에는 비용 문제도 있었다. 특히 해외 여행에는 늘 생각보다 훨씬 많은 지출이 뒤따랐다. 원화에도 금전 감각이 떨어지는 나는 타지에서 엔화나 달러를 쓸 때면 거의 무아지경이 되곤 했다. 아낀다고 아껴도 귀국길엔 항상 양손이 무거운 빈털터리가 되어 있곤 했다. 신기한 점은 거의 모든 유흥이 제한된 지금도 난 거지 왕초 신세라는 점이다. 어쨌든 엔데믹에 발맞춰 자유롭게 떠나기 위해서 나는 여행만을 위한 잉여 자금을 마련해야 했다.

✦

이 과정의 결론이 왜 그리로 튀었는지는 알 수 없지만, 나는 대뜸 주식 계좌를 만들었다. 거시경제는커녕 미시경제도, 애초에 자신의 재무 상황도 잘 모르는 바보 천치면서 말이다. 그땐 오로지 바보 천치만이 이런 천인공노한 짓을 벌인다는 걸 알지 못했다. 차라리 애매하게 무지했다면 스스로를 구했을 수도 있다. 그러나 내 머릿속은 펄프 회사가 자신 있게 내놓은 신제품 티슈처럼 새하얗기만 했다. 그때만 해도 난 그 티슈로 곧 내 피눈물이나 닦게 되리란 사실을 까마득히 몰랐다.

조심스레 구경해 본 주식 시장은 그야말로 지옥도 그 자체였다. 시시각각 폭격 수준의 폭락과 폭등이 이어졌다. 커뮤니티 댓글 창에는 낙차에 얻어터진 주주들이 제각기 곡소리를 내고 있었다. 그때까지만 해도 나는 승리자였다. 아직 아무것도 사들이지 않았기 때문이다. 고심을 거듭한 끝에 나름의 가치 투자를 한 곳은 어떤 노래방 회사였다. 지금 내가 가장 가고 싶은 곳이 노래방이니 남들도 응당 그러할 것이라 예상했던 거다.

노래방 주식은 내가 투자하자마자 떡락길을 걸었다. 이 정도면 주식이 자유 의지를 가진 게 아닐까? 그러니 이렇게 패러 글라이딩 중인 것 아닐까? 순간 아득해졌다. 돈을 조금 잃었을 뿐인데 노래방 회사에 갈비뼈 몇 개를 내준 기분이 들었다. 나는 싸움에 진 하이에나처럼 비루한 기분으로 두 번째 투자처를 찾아 나섰다. 사실 이후 내 자금이 어떤 기업들을 거쳤는지 하나하나 기억나지는 않는다. 다만 손실의 연속이었다는 것만은 단언할 수 있다. 주식을 시작하기 전에는 파란색을 좋아했었다……. 지금은? 파란 글씨로 쓰인 숫자만 봐도 약간의 울렁거림을 느낀다.

가성비 좋은 호캉스 비용 정도를 잃었을 때는 마구 화가 나면서 오기가 솟았다. 제주도 여행 경비 정도를 잃었을 땐 다시는 뜨지 않을 해처럼 입맛이 저물었다. 삶의 맛 자체가 떫어졌다. 그러나 일본 여행 경비 전체를 날린 후에는 역으로 평정심이 돌아오기 시작했다. 가끔 아득해질 때면 마음속에서 이상한 속삭임이 들려왔다. '까짓 일본, 다녀오진 않았지만 다녀온 걸로 치면 그만 아닌가?'라는 식이었다. 평소 '없는 돈인 셈 치자'며 중얼거린 말을 사탄이 듣기라도 한 건가? 쥐꼬리만 한 내 돈은 정말 내게서 없어지려는 중이었다.

영락없는 벼락 거지가 된 지금 나는 해외 여행에 대한 원대한 욕망을 버렸다. 아무리 생각해도 내년 하반기까진 한국 밖으로 꼼짝을 할 수가 없다. 내가 마음껏 떠날 수 있는 나라는 매일 밤 베개맡 꿈나라뿐이다. 그런데 의외로 슬프지는 않다. 팬데믹으로 모두의 삶이 정지한 세상보다는, 나 혼자만 업보 빔을 맞고 정체된 세상이 차라리 행복한 탓이다. 올여름 미뤄왔던 여행을 마친 후 사람들이 들려줄 이야기가 벌써 궁금해진다. 그렇게 생생한 체험담을 들으면 '까짓거 다녀오진 않았지만 다녀온 걸로 치기'도 더 쉬워질 것 같다. 억지로 여행을 미뤄온 2년 동안 많은 것을 잃기만 한 줄 알았는데……. 적어도 강한 인내심 하나는 얻은 모양이다.

회피마저 실패하는 인간

어렸을 때는 실패를 받아들이는 과정이 실패 자체보다 두려웠다. 그런 기분이 들 때마다 내가 자주 택했던 방식은 회피하기였다. 실제로 어떤 실패든, '그런 일도 있었나?' 부정하는 즉시 가벼워지는 것 같았다. 내 목표는 잊고 또 잊어 모든 진실을 흩어버린 완벽한 망각의 상태였다. "그런 일도 있었나?"를 넘어, "그런 일은 없었다"라고 단언할 수 있다면, 실패는 그야말로 0의 허무로 저무는 것 아닌가.

　나는 시험 점수를 확인하지 않은 채 응시 사실 자체를 잊었고, 잘못 산 물건들은 상자째 갖다 버렸다. 누군가가 날 떠난대도 구태여 붙잡거나 이유를 묻지 않았고, 상대에게 미안할 짓을 하고도 어물쩍 사과를 생략했던 적도 여러 번이다. 직접 실패를 보고 듣고 말하다 보면 패배감이 선명해질 터였고, 이 경험은 내 인생이

가열차게 실패로 달려가는 중이라는 확신에 날 가둘 것
만 같았다.

　그래서 나는 오랫동안 편안했다. 속절없이 흐르는
시간과 명석하지 않은 두뇌가 언제고 나를 도와주었다.
잊어버리는 일은 너무 쉬워서, 마치 내게만 허락된 공
짜 서비스 같았다. 혹시 난 남들보다 쉽게 살 권리를 얻
은 행운아가 아닐까? 몰래 웃은 적도 있다. 그러나 현
실에 맞서는 대신 회피를 택하는 인간이 남달리 행복해
질 가능성은 0%였다.

　사실 내 회피는 거부보단 거짓에 가까운 전략이었다.
언젠간 들키고 말 거짓. 내가 사라졌다고 생각하면 사
라지는, 그런 종류의 것이 아니었다. 언제부턴가 지나
친 지 오래되었다고 생각한 실패들이 되살아나더니, 현
재의 나를 쫓아와 채근하기 시작했다. 겉으론 여유를 가
장하고 있었지만, 마음 한구석에서는 망각으로부터의
채권 추심을 받고 있었다. 플래시백flashback 같은 과거의
역습이, 내 마음속에서 재생되어 매일 밤 나를 못살게
굴기도 했다. 이러한 혼란 한가운데서 보냈던 이십 대의
삶은 감옥이었다. 흐르는 시간도, 나 자신도 따지고 보
면 내 인생의 아군이 아니었던 것 같다. 시간의 흐름이

증명하는 것은, 내가 흐르지 않고 한데 고여 있다는 사실뿐이었다. 불쾌한 과거가 마음 한구석에서 스멀스멀 올라올 때마다 나는 미래를 설계할 여력을 잃어갔다.

　마침내 난 회피에도 실패했다는 걸 인정할 수밖에 없었다. 자잘한 순간마다 선택과 책임에서 돌아선 대가는 빚처럼 불어나 있었다. 회피하는 습관은 일상이 되었고, 일상이 된 태도는 결국 성격을 바꿨다. 그즈음에는 내가 쓰는 말들에도 부정 섞인 단어들이 대부분이었다. 예컨대 이런 내용이었다. "실패에 대한 공포로 더 큰 실패에 직면한 처지인 내가 초라하고 우습다. 그런데 내 꼴이 이렇게 우스워진 이유는 먼저 삶을 우습게 보았기 때문이다." 내가 앞으로 더 도망칠 수 없는 이유는 이미 많이 도망쳐서였다. 실패를 외면하는 한 아무리 멀어져도 실패의 한가운데라는 걸, 너무 늦게 깨달은 것이다.

　이후로도 한동안은 남 탓하는 일에 열중하며 살았다. 부모님은 나를 왜 이리 나약하게 기른 걸까? 왜 세상은 여린 나를 챙겨주지 않고 몰아치기만 할까? 내가 나태한 게 아니라 다른 사람이 너무 부지런한 것 아닌지. 이토록 괴로운 게 오롯이 나 때문이라는 현실을 받아들일 수 없었다. 실은 믿기 싫었던 것일지도 모른다. 회피를 버리는 과정에서조차 도망가려고 했으니, 결국 나는 문제를 깨닫고도 스스로 나오기를 거부한 셈이었다.

나중에는 회피가 실패를 만드는 건지, 실패가 회피를 만드는 건지도 헷갈리기 시작했다. 세상에서 제일 만만한 게 나일진대 난 내 마음조차 알 길이 없었다. 이 막연한 느낌은 또 다른 혼란을 만들었다. 한편으로는 "성격이야 바꾸면 되는 거 아닌가, 노력하면 되지"라고 생각했다. 하지만 도달 가능하다 여겼던 최선의 결론에도 나는 좀처럼 동의할 수 없었다. 정녕 내 생각이 맞다면 깨닫거나 결론 내린 바를 통해 마음이 맑아져야 할텐데, 어쩐지 더 수심만 깊어지는 듯했기 때문이다.

너무 막막한 나머지 나는 한때 노트에 "Quo Vadis, Domine……?" 같은 라틴어 문장을 끄적이기도 했다. 기독교 신자도 아니면서. "주여, 어디로 가시나이까?" 묻고는, 나도 좀 같이 가자는 칭얼거림 섞인 사족을 횡설수설 달아놓았다. 솔직히 그 글은 심하게 저질스러웠는데, 내가 주님이라면 나를 부처님께 떠밀고 싶어질 정도였다. 나는 다음 날 술이 깨자마자 그 페이지를 쫙쫙 찢어버렸다. 혹시나 주님께서 교회 다니겠단 결심으로 오해하실까 걱정이 되었기 때문이다.

문득 헛웃음이 나면서 종교를 가질 만큼 급박하지는 않은 내 절망에 안심이 되었다. 어쩌면 원래 인생에는 대책이란 것이 아예 없을지도 몰랐다. 없는 대책을 강구하니까 힘든 건 아닐까? 내가 알기로, 없는 걸 자꾸 내놓으라고 우기는 사람은 깡패였다. 깡패가 되려는 게 아니라면 없는 건 없는 줄로 알고 받아들일 줄도 알아야 했다. 나는 회피에 앞서 삶을 한두 가지 방법론으로 통제하겠다는 아집을 놓아보자고 다짐했다. 내 생에 그어떤 회피도 발생해선 안 된다는 결벽부터 버리자고 결심했다. 먼 길을 단박에 정복하려는 욕심도 버려봤다. 조금씩 하나씩 천천히 그동안 놓친 것들을 되새기며 아주 작은 회피부터 마주하기 시작했다.

첫 단추는 '간단한 고지서들 처리하기'였다. 지급해야 할 돈을 다 내고 난 후로는 밀린 업무 메일에 정성 들여 답장을 썼다. 더 써야 할 답장이 없어진 후로는 그 메일들이 가져다준 일들을 순서대로 처리했다. 귀찮지만 때마다 밥을 챙겨 먹었고, 몸을 씻었다. 나머지 시간에는 하염없이 놀았다. 기한이 턱 끝까지 닥친 일들을 다 해내고 잠자리에 들 때면, 어제와 같은 침대에 전혀 다른 기분으로 누워 있음을 새삼 깨달았다. 나중에는 그 정도의 일들로 정념을 비울 수 있다는 사실 자체에 놀라며, 오랫동안 만나지 못했던 친구에게도 나서서 편지를 쓰기 시작했다. 누름돌처럼 내 조바심을 짓누르던 일상적 불편들을 제거하자, 에너지가 마음의 과제로 옮겨간 덕이었다. 편지를 쓰고 나니 전화 통화가 가능해졌고, 나는 일련의 과정을 통해 잃었던 친구 한 명을 다시 얻을 수 있었다. 너무 오래 돌아온 길이 아쉽기도 하지만, 그래도 느리게 배운 것들은 절대로 까먹지 않는다는 사실을 절감했으니. 느린 걸음이었기에, 너무 늦지 않게 도착할 수 있었다고 믿는다.

②

．
．
．

덮으면 흑역사,
까보면 코미디

．
．
．

방치로 부과된 비만세

3주 만에 정신과에 갔더니 의사 선생님이 운동은 어쩌고 있냐고 물으셨다. 당연히 난 아무것도 하지 않고 있었다. 머쓱해서 2주 후엔 꼭 운동을 등록하겠다고 말했다. 왜 굳이 2주를 기다리냐 하시기에, 너무 바쁘다고 답했다. 선생님은 나를 지그시 바라보며 몇 초간 말이 없었다. 독촉의 뜻을 읽은 나는 견디지 못하고 "그냥 당장 등록할게요"라는 말을 뱉어버리고 말았다. 실제로 그날 저녁 바로 동네 헬스장으로 향했다.

약속을 지키는 연습을 하고 있다. 호언장담해 놓고 나중에 농담이었다는 듯 뭉개는 습관을 없애려 고군분투 중이다. 이십 대엔 이보다는 원대한 목표를 갖고 살았던 것 같은데, 삼십 대가 된 후론 삶의 목표가 전부 유치원생 수준으로 퇴행했다. 밥 꼭꼭 씹어먹기, 너무 늦게 자지 않기, 만화 오래 보지 않기, 손발 잘 씻기 등등.

어쩌면 사람은 이십 대 중반부턴 다시 한 살이 되는 걸지도 모르겠다. 새로운 나이 셈법대로라면 난 여섯 살인데, 그렇게 따지자면 내 유아적인 인생 목표들도 어쩐지 의젓해 보인다.

이상하게도 헬스장, 요가원, 필라테스 학원······. 이런 곳들은 괜히 사람을 주눅 들게 만들었다. 나는 이런 곳에 오는 여자 중 덩치가 제일 큰 편인데, 바로 그 이유로 자신감은 콩알만 해지고 말았다. 운동 시설 직원들은 대부분 과하게 친절했다. 나는 부피가 커진 채 시무룩해진 나를 안심시키는 그들의 서비스가 고마우면서도, 뚱뚱하다는 이유로 날 무시하진 않을지 첨예하게 신경을 곤두세우는 내 모습이 싫었다.

074

PT(퍼스널 트레이닝) 비용으로 2백만 원 정도를 결제하고 집에 가는 길에 생각했다. 이것이 퍼스널 트레이닝 비용인지 뚱보들에게 부과된 비만세인지 잘 모르겠다고. 지출이 큰 탓일까. 헬스장에서 나오자마자 배가 고팠다. 점심에 제육 덮밥 한 그릇을 시원하게 말아 먹고 나온 참인데도, 태어나서 아무것도 못 먹어본 사람처럼 허기졌다. 나는 한껏 홀쭉해진 와중에도 겉에서 보면 둥그렇기만 한 배를 부여잡고 동네 친구를 불렀다. 회사에서 온종일 힘들었다던 친구가 냉큼 달려와 주었다. 이후에 무슨 일이 벌어졌는지는 굳이 서술하지 않겠다. 나의 사생활 보호를 위해 고기값과 술값을 합쳐 8만 원 이상이 나왔다는 점만 살짝 적어둔다.

집 가는 길목에선, 사람이 어찌 이리 이중적일 수 있을까 싶은 심정이 되었다. 살 빼자고 그 거금을 긁어놓고 또다시 먹는 데 돈을 쓰다니?! 아주 피둥피둥 살찌라고 고사를 지내지 그래. 아니, 지금 돈이 문제야? 몸이 문제지! 아니지, 결국 넌 지갑에도, 몸에도 안 좋은 짓을 한 거잖아. 이런 식의 생각이 꼬리에 꼬리를 물고 늘어졌다.

사실 나는 이렇게 생각할 때의 나 자신이 제일 끔찍했다. 외면의 나를 방치했다는 이유로 내면의 내가 마음속 단두대로 끌려 나오는 순간 말이다. 게다가 이런 건 어디 털어놓을 수도 없는 종류의 고민이었다. "살쪄서 힘들어요" 해봤자 듣게 될 대답은 뻔했다. "나도 그래." "아냐, 너 안 쪘어!" "에이, 그 정도는 금방 빼." 당연히, 이런 말들의 진위가 의심된다거나 기분이 언짢은 건 아니었다. 하지만 초조해 미칠 지경에는 남들의 다정하고 가벼운 위로조차 마음의 짐이 될 때가 있었다. 나는 내가 급격히 뚱뚱해진 것이 진짜 싫었고, 나중에는 뚱뚱해졌다는 이유로 자신을 덜 사랑하고 있는 내게 본능적인 환멸이 일었다. 어찌 보면 다이어트를 하는 것이야말로 'Love yourself'라는 표어가 추구하는 방향에 가장 동떨어진 길일지도 몰랐다. 인바디에서는 비만 범주에 속하지만 체감상 별문제는 없는 내 몸으로 행복하게 사는 게 옳을지도……. 그러나 내가 당시 제일 많이 한 생각은 곧 나가게 될지도 모를 TV 예능에서 돼지처럼 보이고 싶지 않다는 것, 하나였다. 사실 이 모든 소동이 그 섭외에서부터 시작된 것이었다.

✦

차라리 내 영상이 TV에서만 떠돈다면 괜찮았을 수도 있다. 내가 TV를 안 보니까. 하지만 요즘은 대유튜브 시대였고, 전국에서 100명은 볼까 싶은 비인기 프로조차 속속 클립으로 박제되는 일이 흔했다. 나는 이미 내 모습이 담긴 몇 개의 유튜브 영상을 쳐다도 보지 않는 중이었다. (끔찍하게 나왔다고 믿기 때문이다.) 시간이 별로 없는 만큼, 나도 비양심적인 감량을 바라는 건 아니었다. 나는 연예인 뺨치는 외모를 갖고 싶은 게 아니라, 여태까지 거울에서 본 내 모습 중 가장 맘에 드는 모습으로 TV에 나가고 싶었다. 텔레비전에 (예쁜) 내가 나왔으면 정말 좋겠다는 마음으로. 어릴 적 배운 동요가 어쩐지 기만이라고 느껴지기도 했지만, 슬픔이 더 컸다. TV에 이상한 모습으로 찍히고 싶지 않다는 두려운 마음이 압도적으로 컸기 때문이다.

수모의 원나잇

요즘 가장 자주 만나고 사는 친구는 여한솔이다. 그는
2020년 매일신문 신춘문예로 등단한 시인이자, 대학에
서 두 학번 후배다. 나이도 두 살 어리지만 하도 오래 봐
서인지 요샌 나이 차이가 실감되지 않는다. 누구에게
나 그런 친구가 있을 것이다. 사는 게 시트콤이라는 말
을 듣는, 본인은 자신의 그런 삶을 저주하는, 그러나 아
무리 조심하고 삼가도 늘 이상한 사건에 휘말리고 마
는……. 내 친구 중에는 여한솔 시인이 바로 그런 타입
이다. 여한솔 시인의 일상을 지켜보면 "나도 나지만 너
도 너다", "너한테는 어쩜 그런 일만 일어나니?" 하는
탄식이 절로 나왔다. 그리하여 그를 좋아하기도 했다.
단톡방에 매일 새롭게 이상한 얘기를 가져와 웃겨주는
친구는 흔하지 않았으니까.

　어느 날은 여한솔 시인에게서 본인이 지금 경찰서

에 있다는 연락이 왔다. 솔직히 말하자면 '드디어 올 것이 왔구나. 우리 한솔이가 기어이 그곳까지 진출했구나'라는 생각이 먼저 들었다. 내 통장에 있는 보잘것없는 잔고를 세어 보았다. 그에게 급하게 보석금(?)이나 합의금이 필요할 수도 있겠다는 계산에서였다. 그러나 오늘의 여한솔 시인은 피해자였다. 나는 다행과 의문을 한꺼번에 느꼈다. 두 시간 전만 해도 친구 생일 파티에 간다며 룰루랄라 길을 떠난 여한솔 시인이, 대체 무슨 사연으로 경찰관과 재미없는 파티를 열게 된 것일까?

그러나 육하원칙에 의거하여 자초지종을 묻는 우리에게 여한솔 시인은 자꾸 말을 아꼈다. 자기가 냉장고에 얻어맞았다는 허무맹랑한 소리만 반복하고, 구체적인 장소나 상황은 끝끝내 말해주지 않는 것이었다.

"아니, 그러니까 어디서 그랬냐고. 냉장고가 어떻게 널 때리는데?"

"냉장고가 날 때린 게 아니고 누가 냉장고를 흔들었어."

"그게 무슨……. 대체 어디서?"

"그래서 냉장고가 쓰러졌어. 내가 지나가다가 거기

맞은 거야."

"그러니까 대체 어디서!!!!!!!!"

"ㅠㅠ원나잇에서….."

순간 나는 촌스럽게도 핸드폰을 놓치고 두 손으로 입을 틀어막았다.

"야! 너 애인도 있는 애가 미쳤어? 너 뭐야?"

"그런 게 아니고… 여기 술집 이름이 원나잇이야…….. 홍대 원나잇ㅠㅠ."

"말이 되는 소리를 해. 세상에 어떤 사장이 자기 업장 이름을 그딴 식으로 짓니?"

"아냐, 진짜라고ㅠㅠ."

그는 답답했는지 인스타그램 링크 하나를 보내왔다. 눌러보니 진짜로 그런 이름의 술집 계정 하나가 나왔다. 심지어 생일 파티나 모임을 전문으로 하는 것 같았다. 그 계정엔 화려한 차림으로 파티를 즐긴 이들의 사진이 한가득이었다.

"너는 시인씩이나 돼서 아직도 이런 데서 노는 거야?"

"흑흑, 내가 예약한 거 아니라고. 근데 여기 예약한 사람도 시인이야. 흑흑."

"너무 쪽팔린다, 야. 머린 괜찮아?"

"일찍도 물어본다."

그는 경찰서에 제출할 요량으로 받아 놓은 그날의 CCTV 영상을 우리에게 보내주기도 했다. 놀랍게도 여한솔 시인의 말은 모두 사실이었다. 한눈에도 만취 상태로 보이는 어린 애들 셋이 갑자기 주류 냉장고에 달려들어 그것을 흔들었고, 지나가던 여한솔이 졸지에 넘어지는 냉장고에 깔리는 식으로 머리를 강타당한 것이었다. 주변 사람들이 즉시 달려들어 냉장고를 치워주지 않았다면, 큰 부상으로 번질 수도 있었던 사고였다.

술이 깬 가해자들이 합의해 달라며 싹싹 빌었기 때문에, 사건은 생각보다 빠르게 종결되었다. 나를 비롯한 친구들은 합의금을 조금 세게 불러 가해자들에게 본때를 보여주라 화를 냈지만, 여한솔 시인은 그러지 않았다. 그들이 너무 어리기 때문에 큰돈을 받아내기도 뭐하고, 일을 키우고 싶지 않다는 이유에서였다. 하지만 착한 마음과 별개로 여한솔 시인의 수모는 계속되었다. 여한솔이 술집에서 냉장고에 얻어터졌다는 소릴 들은 사람들이 하나 같이 '어디서?'라고 반문했기 때문이었다.

훗날 여한솔 시인은 내게 피와 땀이 스민 충고를 하나 건네기도 했다. 이상한 이름을 가진 술집에서는 절대로 가해자가 되지도, 피해자가 되지도 말라는 거였다. 나는 '그냥 아예 안 가면 되는 거 아닌가?' 생각했지만 입으로 내뱉진 않았다.

"내가 진짜 죽고 싶었던 순간이 언제였는지 알아? 냉장고에 처맞은 즉시도 아니고, 냉장고에 맞고 나서 머리가 좀 멍청해졌나 싶었을 때도 아니고, 내 남자친구한테 어디서 맞았는지 설명할 때도 아니야. 사건 당시에 경찰에 신고를 해야 될 때였어."

"왜? 나 같으면 부모님이나 남자친구한테 말하기가 더 민망했을 거 같은데."

"아니, 경찰에 딱 신고하려고 전화를 했는데 자꾸 상호를 묻는 거야. 나는 일부러 주소를 불렀거든. 도로

명 주소, 옛날 주소 다 불렀는데도 자꾸만 거기가 어딥니까, 거기가 어딥니까, 하는 거지. 홍대 원나잇이요, 이렇게 대답하는데 그때 진짜 나 자신이 싫었어."

경찰서에 전화를 건 뒤 기어들어가는 목소리로 "여기 홍대 원나잇이요, 호옹대애 워언나잇이요. 이 밑에 받침 시옷이요." 하며 중얼거리는 여한솔 시인을 상상하자 나도 모르게 박장대소가 터졌다.

"아니 심지어 그 경찰이… 자기 옆 경찰한테 '예! 사건 장소가 원나잇이랍니다. 홍! 대! 원! 나! 잇!' 하는데 진짜 수치스러웠다고."
"너한테는 어떻게 맨날 그런 일만 일어나냐?"
"몰라."

요즘 여한솔 시인은 여전히 아름다운 시들을 쓰며, 홍대 쪽에는 얼씬도 하지 않고 살아간다. 그와 어디서 만나야 할지 정해야 할 때마다 나는 으레 홍대 원나잇이라고 대답하는데, 승낙을 받은 적은 단 한 번도 없다.

음식 채무자의 지옥

화요일, 목요일 오후 9시엔 파란 유니폼의 근육 천사를 찾아갔다. 그는 나의 개인 트레이너다. 천사라고 쓰자마자 양심이 쓰린 걸 보니 내 본심은 반대의 단어를 떠올리는 것 같지만. 어쨌든 그날 나는 조금 주눅이 들어 있는 상태였다. 며칠 동안 온갖 산해진미를 다 찾아 먹었다가 엄중한 주의를 받았기 때문이다. 그래도 난 누군가의 눈치를 보는 행동을 싫어하지 않는다. 내게 사회성이 작용하고 있음을 확인할 수 있기 때문이다. 그리고 난 진짜로 바빴다. 바쁜 것과 먹는 것이 무슨 상관이냐 물으면 할 말은 없지만……. 현대인이라면 균형 갖춘 건강한 식사를 챙기는 데에 적지 않은 품이 든다는 것을 잘 알 것이다.

나는 묘하게 싸늘한 분위기의 선생님을 곁눈질하며 생각했다. "이 사람은 프로다. 프로로서 과연 나 같은 애들을 한두 번 봤을까? 나 같은, 혹은 나보다 심한 사람들을 한 트럭은 봤겠지. 그러니 내가 저지르는 헛 짓거리들은 절대 이 사람에게 선명한 인상을 주지 못한 다. 그럼 저 도도한 표정은 뭐냐고? 글쎄, 원래 성격이 새침한가 보지."

나는 이런 생각에서 진실로 위안을 얻는다. 내가 1등 이나 꼴등이 아니라, 중간 어디쯤을 부유하는 몰개성한 사람일 때 투명해진 듯한 편안함을 느낀다. 그러나 애 써 찾은 안도감은 운동 시작 후 5분도 안 되어 박살이 나고 만다. 운동은 아주 간단한 것이라도 태어난 게 후 회될 만큼 힘들기 때문이다.

✦

선생님은 늘 정성 들여 운동 기구의 이름을 알려주 지만 그런 것이 머리에 남는 경우는 거의 없다. 다리 운 동 기구니까 '레그 헬', '레그 지저스크라이스트', '레 그 엑소시즘' 뭐 이런 이름들이 아닐까 추측해 볼 뿐이 다. 운동하다 보면 어느 순간엔 반드시 내가 선생님의 싸늘함을 넘어서고 마는데, 음성으로는 아무런 대답을

할 수 없고 오로지 *끄덕끄덕*과 도리도리로만 의사 표현
이 가능하기 때문이다. 나는 어릴 때부터 고갯짓으로
의사 표현을 자주 했다. 이 행동으로 싸가지 없다는 지
적을 여러 번 들은 이후로는 고치려는 노력도 많이 했
다. 실제 싸가지를 고치는 건 어렵지만…… 가진 싸가
지를 들킬 만한 행동을 고치는 건 그나마 쉬웠다.

　헬스장에서 제일 싫은 공간은 의외로 스트레칭 존이
다. 얼핏 보면 기구 운동'보다는' 맨몸 운동이 수월할
것 같지만 절대 그렇지 않다. 게다가 그곳에서는 내 얼
굴을 바라보며 운동을 해야 했는데, 난 그것이 정말 싫
었다. 대걸레마냥 갈래갈래 나부끼는 머리털과 핏죽 같
은 안색을 한 나와 눈을 맞추고 스쾃을 하고 있으면, 없
던 외모 자격지심도 생겨나는 기분이었다.

　왜 보고 싶지 않은 내 얼굴을 보며 운동해야 하냐고
물었다. "정면을 봐야만 축이 틀어지지 않으니까요."
선생님은 당연하다는 듯 대답했다. 선생님은 외모 자격
지심을 박멸하는 방법을 몸소 가르쳐 주기도 했다. 방
금 한 동작을 두 세트만 더 해보면, 애초에 자기 얼굴이
어떻게 생겼는지도 잊게 될 거라고 했다.

　실제로 숨이 넘어가기 직전에 다다르면 눈앞에 얼굴

은 어느덧 날아가고, 그동안 내가 휩쓸고 다닌 배달 음식들이 원죄 목록처럼 좌르르 지나갔다. 죽을 것 같다는 심정이 들기에, 어쩌면 그 신기루를 일종의 주마등이라 부를 수도 있겠다. 한번은 선생님의 동정심을 사기 위해 내가 본 장면들을 읊어주기도 했다.

"방금… 제가 근래에 먹었던 모든 음식이 눈앞을 스쳐 지나갔어요. 아무래도 임종이 다가온 모양이에요…….""

"회원님께는 그게 왜 이렇게 자주 오나요? 일단 일어나세요."

"그때 내가 그렇게 먹어대서 이 고통을 겪고 있나 하는 생각만…….""

"에이, 그래도 먹을 땐 진심으로 행복했잖아요. 그럼 된 거죠."

"헉헉헉…….""

"그 정도 행복했음 이 정도 고생해도 괜찮죠. 안 그래요?"

나는 무심결에 행복이 선한 마음이나 행동의 대가로

주어지는 것이라 생각했다. 따지고 보면 맛있는 음식을 먹을 때마다 알 수 없는 죄책감에 휩싸였던 이유도 그것이었다. 아무것도 안 하고 게으르게 살았으니 자격이 없음에도, 당위를 앞질러 돈으로 행복을 구매해 즐겼다. 이상하게도 더 좋아지기 위해 운동한다고 생각할 땐 불만스럽기만 했는데, 미리 대출한 행복을 갚는다고 하니 불만이 사라졌다. 매일 카드값에 시달리다 가까스로 갚는 것을 낙으로 삼다 보니 채무자의 에티튜드가 나에게 배어버린 것인가 싶었다.

하지만 그런 생각조차 곧 날아갔다. 대체 어떻게 누워서 두 다리를 들었다 내렸다 하는 단순한 동작이, 뱃속을 파열시키는 느낌을 줄 수 있는 것인지 이해가 되지 않았다. 막판에는 다리를 들다가 저절로 머리통이 딸려 올라오기도 했다.

"어어, 머리가 왜 올라오죠?"
"든 게 없어서! 든 게 없으니 가벼워서 그래요!"

나는 이판사판이었다.
드디어 운동이 끝나고 꿀 같은 휴식 시간, 새까맣게

도색된 헬스장 천장이 내게 또 사후세계에 대한 영감을 주었다. '지옥 같아요' 혹은 '하늘에 계신 조상님을 만나게 될 거 같아요' 중 하나를 말하려 했는데, 나도 모르게 "지옥에 계신 조상님을 만났어요"라는 말을 뱉어버리기도 했다. 정정하고 싶었지만 힘이 없어 하지 못했다. 망언 탓인지 나는 한동안 다리가 찢어질 것 같은 근육통에 시달렸다. 어기적어기적 걸어다니며, 어떻게 건강하지 않은 삶도 고통이고 건강해지려는 삶도 고통(?)일 수 있느냐는 질문을 했다. 그리고 생각했다. 돈을 아끼지 못하면 차라리 행복이라도 아끼자고, 제발 그만 먹자고, 음식이라는 고금리 대출을 멈추자고…….

억하심정의 경제가치

어린 시절, 내가 상상하던 미래의 나는 남편과 집과 직장과 자동차가 있는 사람이었다. 우리 부부는 그려놓은 듯한 전원주택에서 '해피'라는 시베리안 허스키를 키운다. 매일 아침 웃으며 다정한 인사를 나누고, 우아하게 모닝커피를 음미한 뒤 각자의 직장으로 출근한다. 다소 골격이 큰 편인 내 차는 벤츠 G바겐……. 남편도 자신의 드림 카를 타고……. 재벌처럼 풍족하진 않아도 먹고 입고 쓰는 데에는 부족함이 없다. 나는 의문 없이 행복하다. 우리 집 강아지의 이름처럼. 아이 생각은 없지만, 살다 보면 생길지도 모른다. 행복이란 모쪼록 확장되는 거니까.

시간이 지나 실제로 삼십 대가 된 지금, 현실은 어린 날 상상하던 납작한 행복과 정반대로 흘러가고 있다. 나는 다른 평범한 사람들처럼 은은하게 불행하다. 가진 것도, 되는 일도 없는 일상 속에서 그나마 덜 불행한 날을 대충 골라 행복으로 여기며 살아간다. 하루에 열여섯 시간 일하는 날이 많고 배우자도, 자가도, 자차도 없는 데다 아이라곤 내 안의 상처받은 내면 아이뿐이다.

돌이켜 보면 이십 대 초부터 나의 삶은 곤란함의 연속이었던 것 같다. 스무 살의 내게는 등록금과 자취방 보증금이 없었다. 가족 중 누구도(심지어 나 자신조차) 내가 대학에 진학할 수 있으리란 기대를 못 했기 때문에 준비해 둔 돈이 하나도 없었다. 설상가상으로 나의 대학 입학과 동생의 미대 입시 시점이 겹치는 바람에 당시 우리 집은 최악의 재정 상태였다. 그때 나는 무언가를 원하는 마음에서 해방되는 가장 쉬운 방식이 포기임을 배웠다. 어느 시점부터는 결혼이나 내 집 마련, 고급 승용차에 대한 미련도 놓아버렸다. 나만 이런 상황이라면 능력과 노력이 부족한 탓이겠지만, 친구들의 상황도 별반 다르지 않았다.

왜 나보다 성실하게 살아 온 사람도, 앞선 출발선을 밟고 먼저 쏜 사람도 함께 힘든 걸까? 어째서 열심히 살수록 제자리를 지키기도 버거운 것인지. 의문을 쫓다 보면 아무 대책 없는 내가 초라해졌고, 결국 억하심정에도 지겨워져 무감한 일상으로 돌아가게 되었다. 분노나 억울에는 화폐 가치가 매겨지지 않는다. 그런 마음들은 생산성을 저해한다. 들숨, 날숨에도 비용이 드는 삶을 이어가려면 어떻게든 나를 다잡아야 했다. 세상에 태어나 한 번도 서러웠던 적 없는 인간처럼 태연하게 업무로 복귀해야만 했다.

✦

앤 헬렌 피터슨의 저서 《요즘 애들》에서는 제목 그대로 나와 같은 세대인 밀레니얼들의 비애를 그린다. 엄밀히 따지면 미국 사회에 대한 분석이지만 오늘날의 대한민국 모습과도 다르지 않다. 저자가 말하는 '요즘 애들'이란 '최고 학력을 쌓고 제일 많이 일하지만 가장 적게 버는 세대'다. 이 문장을 비틀면 밀레니얼에게 만연한 번아웃의 원인을 설명할 수도 있다. 무리하여 고등교육을 받은 후 몸이 부서지도록 일하고 있지만, 납득할 만한 대가를 받지 못하는 상황에 처했다는 소리다.

보상에 대한 불안은 전쟁 경험, 기아 문제처럼 집단 전체에 뿌리내린 고통에서 비롯되는 것이 아니다. 인스타그램을 켜면 내 또래의 누군가는, 또래인 게 놀랍도록 부자다. 우리는 젊은 셀럽들의 삶을 언제 어디서나 엿보며, 진짜 부자들에겐 돈에 더해 시간이란 재화까지 넘친다는 걸 알아간다. 사회에 나온 밀레니얼들은 학교에서 배운 평등이 거짓임을 깨닫는다. 세상에는 교재에 명시되지 않은 계급이 있다. 태어날 때부터 주어지지 않았다면, 오로지 경쟁으로 얻어내야만 하는 서글픈 왕관이 있다. 이후에는 개인이 동원할 수 있는 모든 자원이 무기가 된다. 체력과 정신력과 시간을 한계까지 끌어올려야만 살아 있다는 느낌이 들기 시작한다. 그들은 때로 탈진 직전까지 와서도 저 자신을 멈출 수 없고, 마침내 의사로부터 몸이나 마음이 고장 났다는 판정을 받는다. 그것이 바로 번아웃이다.

어쩌면 당신이 진짜로 게으른 걸지도 모른다. 어쩌면 그냥 일을 더 열심히 하면 될지도 모른다. 어쩌면 일은 누구에게나 이렇게 고된 걸지도 모른다. 어쩌면 모두가 참고 사는 건지도 모른다. 물론 당신의 가장 친한 친구도 힘들어하고, 여동생도 힘들어하고, 동료 직원도 힘들어하지만, 그건 모든 게 훌륭하다는 더 큰 서사에 등장하는 작은 일화일 뿐이다.

밀레니얼의 고통은 기성세대의 몰이해 속에서 더더욱 깊어진다. 어떤 쟁점도 실제 일어난 전쟁이나 대규모 경제 공황만큼 끔찍할 순 없다는 이유로, 출생 연도 자체가 특권이란 꾸지람을 듣는 것이다. 이런 말들은 희망 고문이자 실제 고문이다. 밀레니얼(의 대부분)은 전쟁터에 징집되지 않았지만, 부모 세대에서 끝난 경제 호황에서도 배제되었다. 그러나 부모 돈으로 공부했기 때문에 "뭐가 문제냐"는 질문에 토를 달지 못한다. 부모로부터 받은 지원과 비용은, 부모의 가스라이팅을 감내해야 한다는 근거가 된다. 밀레니얼들은 실제로 헷갈리기 시작한다. 이제 그들은 자기 자신에게 기성세대의 질문을 되풀이한다. "대체 뭐가 문제니?" 하지만 어디에도 답변은 준비되어 있지 않다.

그러나 나는, 체제의 붕괴를 인정하기 시작하는 순간부터 우리 개개인의 삶은 나아질 수 있다고 생각한다. 붕괴한 것은 체제니까, 개인의 삶이 회복되리란 가능성을 믿어야 지속될 수 있을 것 같다. 밀레니얼의 번아웃은 우리 세대에 깊게 뿌리내린 사회 문제지만, 탁상에서만 논의될 일은 아니다. 내 미래에 정녕 남편과 집과 벤츠가 없대도 '나'는 남을 테니 말이다.

번아웃을 해결하려면, 당신의 하루를 채우는 것들이—당신의 인생을 채우는 것들이—당신이 살고 싶은 인생, 당신이 찾고 싶은 삶의 의미와 결이 다르다는 착각을 지워야 한다. 번아웃 상태가 단순한 일중독 문제가 아니라고 이야기하는 이유다. 번아웃은 자아로부터의, 욕구로부터의 소외다. 당신에게서 일할 능력을 뺏는다면, 당신은 누구인가?

(…) 자신에게 다시금 전념하고 자신을 아끼는 것은 이기적이지도, 자기중심적이지도 않다. 도리어 이는 가치의 선언이다. 당신이 일을 하고 소비하고 생산해서 가치 있는 게 아니라, 당신이 그저 존재하기 때문에 가치 있다는 선언이다. 이것이 번아웃을 떨치고 일어나 다시 그 수렁으로 빠지지 않기 위해 기억해야 할 사실이다.

—앤 헬렌 피터슨Anne Helen Petersen 저, 박다솜 역,
《요즘 애들Can't Even》, 알에이치코리아

힐러도 킬러도 아닌

내 삶에서는 무규칙만이 유일한 규칙이었다. 잡히지도 않는 나를 다잡느라 에너지를 낭비하는 것보단 징벌처럼 주어지는 일상의 불이익들을 견디는 것이 나았기 때문이다. 그래도 공들여 조심하고 경계하는 게 하나 있다면 '게임'이다. 주변 사람들은 내가 게임 자체를 싫어하는 줄 알 테지만 그 반대다. 나는 게임을 좋아한다. 너무 좋아해서 게임이 내 인생을 어떻게 망칠지 훤히 보이기에 시작을 안 하는 것뿐이다.

처음으로 빠진 게임은 인터넷 맞고였다. 당시엔 중학생이라 고스톱 같은 게임에는 접근할 수 없었지만, 부모님 주민등록번호를 훔쳐 쓰면서까지 온종일 맞고에 매진했다. 룰도 모르고 점수 내는 방법조차 모르는데 왜 그렇게 재미있었는지 모르겠다. 나는 매번 빈털터리가 되어 방에서 쫓겨났는데, 어떻게든 다시 사이버머니를 충전해 게임방에 달려들곤 했다. 나를 자꾸 이기는 사람이 너무 미워 백 판 동안 상대방을 놓아주지 않은 적도 있다. 당연히 공부는 뒷전이었고 밤새워 고스톱을 치다 학교에 가면 눈이 자꾸 감겨 수업이 꿈인지 현실인지도 알 수 없었다. 도박은 평범한 중학생을 순식간에 불나방 미저리로 만들었다. 그래도 나는 이 한심한 경험을 소중히 여겼다. 너무 어릴 때 사행성 게임에 빠져본 덕분에 오히려 도박성 유흥을 경계할 줄 알았다.

　　그러다 몇 년 후, 하필 고3 겨울에 당시 유행한 '아이온'이라는 MMORPG에 홀리고 말았다. 이 게임도 미성년자 이용 불가였지만 맞고처럼 삿된 느낌은 아니기에 방심했던 탓이 컸다. 게임을 플레이하면서도 중요한 깨달음을 얻었다. 첫 번째는 내가 꽤 노안이라 밤 10시가 지나도록 성인 게임을 해도 PC방 주인이 내쫓지 않는다는 것, 두 번째는 내가 게임을 탐닉하는 정도에 비해 실력이 후지다는 것이었다. 모르는 사람들한테 그렇게까지 상스러운 욕을 먹어본 것은 처음이었다. 게임 성격상 다른 사람과 파티를 만들어 합동 사냥을 떠나는 퀘스트가 많았는데, 나는 그때마다 크고 작은 실수를 저질러 파티원들을 궤멸시켰다. 학생이니 조금만 봐달라고 사과해도 아저씨가 여고생인 척한다며 더 심한 욕을 먹었다. "이 미친 ×야, 네가 힐러지, 킬러냐?"라는 누군가의 노발대발은 아직도 내 마음속에 수치스러운 상처로 남아 있다.

✦

자꾸 몰매를 맞다 보니 디지털 자신감이 추락하기 시작했다. 이후에는 자연스럽게 현실에서도 해본 적 없는 은둔 생활에 전념했다. 퀘스트를 통해 아이템을 얻거나 레벨을 올리는 대신 방방곡곡을 돌아다니며 약초나 광석을 캐다 장터에 파는 것이었다. 내 캐릭터의 공식적인 직업은 마도성(마법사)과 치유성(힐러)이었지만, 나는 시스템에는 존재하지도 않는 심마니 노릇을 오랫동안 이어나갔다. 아이러니하게도 그런 무의미한 행동에서 정직한 노동의 기쁨과 환희를 배울 수 있었다. 몇 시간 내내 길거리를 헤매며 식물이나 돌을 채집해 인벤토리를 꽉 채우면 비로소 오늘의 할당량을 채웠다는 뿌듯함까지 느껴졌다. 수능 공부 같은 걸 까맣게 잊고도 스스로가 열심히 산다는 고양감에 만족스러울 정도였다.

그러던 어느 날이었다. 설날 이후라 세뱃돈이 많은 게 화근이었는지, 수능이고 뭐고 다 끝난 방학인 게 문제였던 건지 이틀 동안 잠도 안 자고 PC방에서 게임을 하고 있었다. 이틀 밤을 새고 있으니 졸리다는 가벼운 말로는 형용할 수 없는 피로가 온몸을 덮쳤다. 이러다 저승으로 가겠구나 싶어 서둘러 집으로 향하던 길, 마지막 기억은 분명 사람들이 와글와글한 횡단보도에서 대기하다 녹색 불에 같이 건너기 시작한 장면이었는데, 잠깐의 암전 후엔 나 혼자만 횡단보도 중간에 덩그러니 멈춰 서 있었다. 상행 하행 운전자들이 일제히 클랙슨을 울리며 짜증을 내는 것까지.

드라마에 흔히 나오는 패닉 장면인 것만 같았다. 배우들은 누가 뭐라 하거나 말거나 본인 상황에 열중하던데, 그건 다 거짓이었다. 실제로 그 순간을 겪어보니 꽁지에 불붙은 참새처럼 후다닥 인도로 내달리는 수밖에 없었다. 하다 하다 걷는 와중에 잠이 들다니, 내가 제정신이 아니구나 싶으면서 천년의 잠이 다 깨버리고 말았다. 하마터면 진짜로 죽을 수도 있는 순간이었다. 그 이후로는 죽음에 대한 두려움으로 아이온 중독을 치유할 수 있었다.

원체 게임에 소질이 없는 나는 채집을 하다가도 맥없이 죽어버리곤 했다. 절벽에 아슬아슬하게 매달린 약초를 캐려다 추락사하는 일도 비일비재했고, 고레벨만 들어가는 던전에 침입해 보석을 훔치다가 몬스터한테 걸려 얻어터져 죽는 일도 있었다. 그래도 무감했던 건 죽어봤자 늘 30초 후에는 마을에서 되살아나기 때문이었다. 그러나 현실에서의 내 목숨은 단 하나였다. 내가 게임에 빠져 이 사실을 오랫동안 잊고 산 듯했다.

그때 나는 겁 많은 성격이 일종의 구원으로 작용하기도 한다는 걸 배웠다. 겁을 너무 집어먹은 나머지 그날 이후로 당분간은 PC방 자체를 끊다시피 할 수 있었다. 그날로부터 10년 이상의 시간이 지났지만, 중독성 강한 MMORPG류 게임은 절대로 하지 않는다.

계단에서 구르며 괜찮음을 배웠다

일곱 살 때 엄마 심부름으로 마트에 가다가 빌라 계단에서 구른 적이 있다. 계단에서 구르면 팔, 다리부터 다칠 것 같았는데 의외로 명치께에 극심한 타격이 왔다. 나는 조그만 가슴팍을 부여잡고 한참을 컥컥거렸다. 늘 당연하던 숨이 갑자기 쉬어지지 않을 수도 있다는 공포를 처음 느껴봤다. 서서히 눈앞이 캄캄해지다 어느 순간 까무룩 기절했다.

정신을 차렸을 땐 20분 정도가 지난 후였다. 꿈쩍 않고 엎어져만 있었던 건지, 빌라 복도 바닥이 딱 내 몸의 면적만큼만 따뜻해져 있었다. 나는 얼굴에 말라붙은 눈물과 침을 닦고, 옷을 털고 일어나 부랴부랴 동네 마트로 향했다. 그러고는 필요한 식품들을 사서 아무 일 없었다는 듯 집으로 돌아왔다. 나중에 보니 팔다리에도 심한 멍이 들었는데, 집에선 안 다친 척하느라 정말로 힘들었다. 당시 우리 집에서는 다쳤다는 사실을 들키면 오히려 매를 맞았다. 계단에서 구르는 것보다 "조심 좀 하라니까!"라는 고함이 더 무서웠다. 나는 곧 그 일을 잊었지만, 내 몸은 충격을 방어적인 습관으로 각인했다. 그로부터 한참 지난 후에야 내가 어디서든 앞발을 치켜든 개처럼 손을 내밀고 걷는다는 걸 깨달았다.

특별히 조심해도 계단을 구르는 일은 어디선가 자주 벌어졌다. 두 번째로 크게 구른 것은 아홉 살 때로, 학교에 가다 육교 계단 맨 위 칸에서 발을 헛디뎠다. 그때 내 몸은 한번 붕 날았다가 계단으로 곤두박질쳤는데, 마치 B급 개그 영화 속 한 장면처럼 데굴데굴 굴러 정신을 차리니 바닥까지 내려와 있었다. 이전보다 고통이 훨씬 컸음에도 이번에는 기절하지 않았다. 그때 난 바닥에 처박힌 채 필사적으로 이런 생각을 했다. '괜찮아, 괜찮아, 괜찮아, 괜찮아. 지금 당장은 숨이 또 안 쉬어지지만 기다리면 돌아올 거야. 저번에도 죽을 것 같았지만 어떻게든 숨이 돌아왔잖아. 괜찮아, 괜찮아, 괜찮아…….'

내 마음속 속삭임은 사실이었다. 지나가던 아주머니가 챙겨주고 털어준 덕도 있겠지만, 나는 곧 호흡을 회복해 다시 등굣길에 오를 수 있었다.

이후로도 무수한 세 번째, 네 번째, 다섯 번째… 평지까지 합치면 아마도 백 번이 훌쩍 넘을 만큼의 넘어짐들이 있었다. 그런데 숨이 넘어가도록 통증을 겪는 순간이 올 때면 빌라 바닥의 소름 끼치도록 차가운 온도가 번쩍 떠올랐다. '괜찮아, 돌아올 거야'를 주문처럼 외던 육교 바닥의 기억이 떠오를 때도 있었다. 번개처럼 다른 시점의 기억이 떠오르면, 아주 잠깐만큼은 현재 이 시점의 고통을 잊을 수 있었다. 그때는 획기적인 방법이라 생각했는데, 역시 지금 돌아보면 어린아이가 선택하기엔 다소 그로테스크한 방식이 아닌가 싶다.

어린 시절 고통은 결국 나를 더 의연한 어른으로 만들어 주었다. 바로 며칠 전에도 멀쩡히 길을 걷다 혼자 제 발에 걸려 넘어져 정지된 오토바이에 부딪히는 사고를 겪었다. 주변에 있던 사람들은 모두 경악할 정도였지만 나만은 괜찮았다. 너무 자주 다치는 터라 나는 오히려 다칠 때마다 이보다 더 크게 다치지 않았음에 감사하는 마음을 갖게 되었다. 오토바이와의 접촉사고 이후 한동안 왼쪽 다리를 편히 쓰지 못했고 얼굴에도 흉이 남았지만……. 심각한 일은 아니다. 약간의 부자유가 있기에 되찾게 될 자유를 더 사랑할 수 있으니까!

친구는 내게 패배주의가 몸에 배어 정신 승리의 영역으로 가버렸다며 혀를 찼지만 사실 그조차도 별 상관없다. 다만 나는 아이를 낳지는 말아야겠다고 생각한다. 내가 낳은 아이가 높은 확률로 나를 닮아, 나 같은 유년 시절을 보낼 것이라 상상하면 어쩐지 그것만은 괜찮지 않다. 내 유전자를 세상에 남길 필요가 없다고 생각하는 나는 어쩌면 정신 승리에도 실패한 사람일지 모르겠다…….

의적 임꺽정 지음

내 나이 정도면 아직 어리다 싶다가도, 내가 학교 다닐 적 학생 인권이 얼마나 열악했느냐 따져보면 나도 벌써 옛날 사람이라는 생각이 든다. 중학교 시절 선생님들은 누구나 자신만의 개성 넘치는 매를 들고 다녔다. 음악 선생님은 단소로, 한자 선생님은 효자손으로, 수학 선생님은 50cm 자로 애들을 때리던 시절이었다. 학생 주임들은 각목 비슷한 걸 들고 다니다 무언가를 적발하는 즉시 애들을 엎드려 놓고 때리기도 했는데, 그게 어찌나 공포스러웠는지 모른다. 십 대를 떠올리면 어떤 게 좋았는지보다 어떻게 맞았는지만 선명히 기억난다.

당시엔 애들이 맞고 와도 부모들이 별다른 항의를 하지 않았다. 오히려 맞을 일을 했다는 이유로 집에서 더 맞는 일도 빈번했다. 나도 별별 이유로 여기저기 얻어터졌지만 그런 일을 되도록 집에 숨겼다. 부모님이 나를 또 때리진 않더라도 으이구, 하는 눈빛으로 탄식하는 표정이 지긋지긋했기 때문이다.

매가 주는 고통은 두 가지다. 물리적인 신체의 아픔과 자존심에 새겨지는 상흔. 내 경험상 제일 모욕적인 매는 (손바닥으로 따귀 치는 걸 제외하고) 중학교 시절 음악 선생님이 들고 다니면 낚싯대였다. 낚싯대는 굉장히 가늘고 탄성이 좋은 소재라 아무리 애들을 쥐어패도 부러지는 일이 없었다. 게다가 휘두르는 소리에서 오는 공포감 자체가 장난이 아니었다. 나는 음악 선생이 "누가 먼저 맞을래?"라는 변태적인 질문을 할 때마다 제일 먼저 손을 드는 아이였는데, 내 차례가 올 때까지 쌔액, 쌔액, 짜악! 하는 소리를 들으며 통증을 상상하느니 통증을 즉각 현실로 만드는 게 나았기 때문이다.

음악 시간마다 맞은 이유는 단소나 피페 따위를 불지 못해서였다. 소리도 못 냈지만, 유난히 손끝이 무딘 난 기본적인 운지법도 제대로 익히지 못했다. 음악 선생은 이다지도 쉬운 것을 해내지 못하는 상태 자체가 연습 부족을 뜻하며, 연습 부족은 곧 선생에 대한 기만이라는 기적의 논리를 펼쳤다. 나는 그를 너무 심하게 무서워하다 나중에는 오히려 증오심을 갖게 되었다. 자꾸 맞다 보니 통증의 시점과 강도가 예상되었고, 차차 두려움 위로 분노가 내려앉았다. 기억력이 좋은 편은 아니지만, 쥐어 터지고 들어와 맞은 곳을 문지르며 '너 꼭 복수할 거야'라고 되새긴 순간들은 지금도 선명하다.

✦

　어느 날부터 나는 음악 선생을 관찰하기 시작했다. 그는 음악 수업 외에도 학생 복장 지도에 관심이 많았는데, 쉬는 시간에도 좀처럼 쉬지 않고 복도를 배회하며 애들의 겉옷과 슬리퍼 실내화를 빼앗기 일쑤였다. 아마 나 말고도 수많은 90년대생들이 '외투 금지'와 '슬리퍼 금지'라는 근본 없는 학칙을 기억할 것이다. 왜인지는 모르겠지만, 그 시절엔 한겨울에 교복 이외의 외투를 입거나 슬리퍼 형태의 실내화를 착용하면 적발 즉시 그것을 압수당했다. 당시 우리 학교 교무실 한구석에도 그렇게 빼앗은 외투와 슬리퍼들이 아무렇게나 쌓여 산을 이루고 있었다. 가져갔다면 보관이나 정성껏 할 것이지 왜 땅바닥에 쓰레기처럼 쌓아둔 걸까? 외투와 신발들을 볼 때마다 내 것이 아닌데도 기분이 나빠지곤 했다.

그러던 어느 겨울날에는 반 친구 한 명이 맨발로 서럽게 울고 있는 장면을 보게 되었다. 달래주며 왜 우냐 물었더니, 자비도 없는 음악 선생이 그 애가 어제 새로 산 노스페이스 패딩과 슬리퍼, 양말을 동시에 약탈해갔다는 거였다.

"양말은 왜 가져가?"
"흑흑, 형광 분홍색이라고 안 된대."
"뭔 또라이 같은 소리야, 언제 준대?"
"몰라, 하는 거 봐서 준대."
"웃기고 자빠졌네. 야, 너 일단 이거 신고 조금만 기다려. 알았지."

나는 친구에게 내 실내화를 양보하고 곧바로 중앙계단으로 향했다. 그러고는 귀신에 씌인 소녀처럼 쿵쾅쿵쾅 뛰놀기 시작했다. 덫을 친 지 몇 분도 되지 않아 지나가던 어떤 선생님이 '너 당장 이리 와' 하며 히스테리를 부려댔다. 당시엔 학생이 중앙계단을 이용하는 것도 벌점 부과 사항 중 하나였다. 나는 교무실로 따라오라는 지시에 쾌재를 불렀다. 그 선생님은 음악 선생과 같은 교무실을 쓰고 있었다.

온풍이 가득하고 좋은 향기가 나는 교무실은 한산했다. 본인들은 이렇게 따뜻한 데 있으니까 우리가 얼마나 추운지 모르는 것이구나, 싶었다. 나는 어쩌고저쩌고하는 잔소리를 흘려들으며, 재빨리 문짝 쪽에 쌓인 약탈물들을 스캔했다. 다행히도 뺏긴 지 얼마 안 된 친구의 패딩과 신발은 가장 위쪽에 널브러져 있었다. 나는 벌점 카드를 받아들고 퇴장하는 척하다가, 잠시 멈춰 친구의 실내화를 내 맨발에 꿰어신었다. 그리고 교무실 문을 연 후, 친구의 패딩을 발로 차서 밖으로 빼냈다. 태연히 걸어 나온 후엔 패딩을 주워 들고 줄행랑쳤다. 그건 내 생애 가장 신났던 달리기 중 하나였다. 나는 안타깝게도 양말은 구해내지 못했다는 소식과 함께 훔쳐 온 옷과 신발을 주인에게 돌려주었다. 그 후로 내게는 '임꺽정 지음'이라는 별명이 붙었다.

다음 날부터는 빵이나 과자 따위를 들고 와 새로운 부탁을 하는 친구들이 생겨났다. 자기들 물건도 좀 찾아다 주면 안 되냐는 것이었다. 그러나 핸드폰이나 고데기 같은 것은 선생님들이 서랍에 보관하기에 가져올 수 없었다. 이 물건들엔 접근도 불가능하거니와 가능하

다 해도 남의 서랍을 뒤지는 일은 양심에 위배되는 일
이었다. 나는 고민 끝에 빈 사물함 하나를 비상 신발장
으로 만들었다. 교무실에 갈 때마다 일부러 맨발로 가
슬리퍼를 한 켤레씩 신고 돌아와, 그 사물함 칸에 넣어
두었다. 덕분에 우리 반 아이들은 발이 좀 덜 시린 겨울
을 보낼 수 있었다. 음악 선생은 끝끝내 자기가 친구의
값비싼 브랜드 패딩을 잃어버린 걸 사과하지 않았지만,
분실을 한 번 겪고 난 후로는 비싼 옷은 빼앗지 않는 사
람이 되었다. 나는 저렇게 살지는 말자고 생각하다 어
영부영 그 학교를 졸업했다.

맞고 소녀의 사회생활

PC방 폐인으로 살다 교통사고가 날 뻔한 뒤로는 한동
안 자숙 기간을 가졌다. 분명 가졌었다. 시간이 흐르고
자괴감이 희미해지자, 나는 슬슬 스마트폰 미니 퍼즐
게임들을 시작했다. 내심 아이온처럼 캐릭터에 자아 의
탁하기 쉬운 게임만 아니면 괜찮겠다 싶었다. 그러나
캔디 크러시 사가라는 보드 게임에 빠지면서 그 또한
착각이었음이 드러났다.

사실 MMORPG의 경우 그래픽 요구 사양이 너무
높아 집에서는 즐기기 어려운 게임이었다. 출시 초반에
는 반드시 PC방에 가야만 접속할 수 있었기 때문에, 불
편한 접근성 자체가 차단기 역할을 하기도 했다. 그런
데 스마트폰 게임에는 아무런 제약이 없었다. 카카오톡
으로 친구들에게 초대 메시지를 돌리면 하트도 얼마든
지 충전이 되는 것이었다. 나는 곧 밤낮을 잊고 게임에

빠져들었다. 내 방 침대에 누워 하루종일 게임을 해도 예전처럼 두렵지 않았다. 집이기에 적어도 교통사고 위험은 없었던 것이다.

그러던 어느 날 나는 절체절명의 손가락 실수로 예전에 졸업한 학교 선생님께 게임 초대 메시지를 전송하고 말았다. 그분은 내가 아는 어른 중 제일 나이가 많다시피 한 분이었다. 개인톡을 전혀 나눠본 적 없는 텅 빈 대화방에 "함께 해요~ 캔디 크러시♥"라는 식의 경망스러운 말풍선이 떴다. 당시에는 보낸 메시지 삭제 기능이 없었기 때문에 실수를 하면 발화자가 그저 감당하는 방법밖에는 없었다. 게임에 빠져 있던 나는 그 실책을 몇 시간 후에야 알아채고 말았다. 인지했을 때는 너무 야심한 밤이라 사과 메시지를 드릴 수도 없는 시각이었다.

그러나 다음 날부터 이상한 일이 벌어지기 시작했다. 선생님이 나의 무례한 게임 초대 메시지에 대해서는 일언반구의 대답도 없이 본인이 쓰신 자작시를 보내오기 시작한 것이다. 처음에는 너무 뜬금없어 혹시 계정 해킹을 당하신 걸까 싶기도 했다. 매일 다른 시가 도착했지만 기본적으로 매우 자연 친화적인 내용이었다.

나무, 새, 산, 들판, 바위, 개울, 구름 등등의 시어가 자주 쓰였고, 그리하여 너무나 그분다운 시였다.

그런데 시를 받아보는 것은 나뿐만이 아니었다. 무슨 기준인진 알 수 없으나, 나 말고도 몇몇 동문이 구독하지도 않은 시 메일링(?) 때문에 곤혹스러워하고 있었다. 나는 매일 이른 아침에 굳이 친구 목록에서 우리들과의 채팅방을 하나씩 열어 시를 보내는 그분의 모습을 상상해 보았다. 싫다, 좋다를 떠나 의도가 조금도 읽히지 않았다.

나중에는 매일 일방적으로 도착하는 글이 점점 부담스러워지기 시작했다. '내가 또 게임 때문에 이렇게 마음이 불편해졌구나!' 하는 생각만 들었다. 역시 게임에 매진하는 삶에 즐거운 결말이란 존재할 수 없구나 싶은 마음에 이번에도 미련없이 캔디 크러시 세상을 떠날 수 있었다.

아무리 나라도 사회인이 된 후로는 게임에 막장으로 빠져 지낼 수 없었다. 게임보다는 술자리가 좋았고, 평일 내내 출근에 시달렸으므로 게임에 대한 갈구는 저절로 사라졌다. 그렇게 몇 년이 흘렀다.

주식으로 큰돈을 날린 후 상심에 빠져있던 나는 몰두할 소재를 찾아 쿵야 아일랜드라는 게임을 다운받게 되는데……. 게임의 규칙은 간단하다. 어떤 자원이든지 3개를 머지하면 그보다 희소한 상위 자원 1개가 된다. 5개를 머지하면 상위 자원 2개로 돌려준다. 이렇게 계속해서 3개를 1개로, 5개를 2개로 교환해 가며 오염된 섬을 정화시키면 된다.

나는 필요할 때마다 쿵야 아일랜드에 현금 충전을 해가며 밤새도록 레벨 업에 매진했다. 이렇게 단순한 게임이 뭐가 그리 재미있는 건지 이해가 안 되었지만, 이해를 못 하는 와중에도 손가락으로는 자원을 모아 머지를 하고 있었다. 또다시 잠도 자지 않고 밥도 먹지 않는 나날이 시작되었다.

쿵야 중독은 결국 내 왼손을 반깁스 신세로 만들며 끝났다. 한 자세로 너무 오랫동안 꼼짝없이 300g이 넘는 스마트폰을 지탱하던 왼손 인대에 기어코 문제가 생긴 것이다. 정형외과 선생님도 내 설명을 듣더니 혀를 내둘렀다. 한 번만 더 게임 때문에 곤욕을 치르는 날이 오면 핸드폰이고 컴퓨터고 다 갖다 버리는 수밖에 없다고, 나를 타이르며 살고 있는 요즘이다. 나는 자식을 낳기 싫은데, 무슨 대단한 사상이나 이유가 있어서 그렇다기보다는, 그저 나 같은 애가 나올까 봐 두려워서다. 어느덧 서른이 넘은 나이의 나는, 여전히 열다섯 살의 맞고 소녀에서 달라진 게 없는 듯하다.

．
．
．

노란불이 없는
내 신호등

．
．
．

팀장님 죽이기

소규모 블랙 기업에 다니던 시절, 나는 오로지 회식 날만을 고대하며 팀장님의 썩어 문드러진 인성을 견뎠다. 왜냐고? 나는 회식 날에 팀장님을 아주 보내버릴 작정이었다. 다만 직원 복지에 치를 떠는 곳이었기에 회식이 좀처럼 성사되지 않는다는 것이, 나로선 무척 안타까운 지점이었다.

언제부터였는지는 모르지만 나는 팀장님이 재채기하듯 뿜어내는 망언을 채점하고 있었다. 성적인 비속어나 은어를 업무 지시와 섞을 때마다 플러스 1점, 우리를 붙잡고 전 애인 욕을 퍼부을 때도 플러스 1점, 아파서 약국 가는 사람한테 담배 심부름을 시킬 때도, 몰래 궁뎅이 한 짝을 들고 뿌룩 방귀를 뀔 때도 플러스 1점……. 총점이 100점을 넘어갈 즈음, 마침내 회식 날짜가 잡혔다.

오매불망 회식 날만 기다리던 나는 쾌재를 불렀으나 동료들 얼굴엔 수심이 가득했다. 대리님은 바들바들 떨며 가위바위보를 제안해 왔다. 누가 팀장 옆자리와 앞자리에 앉을지 미리 정하자는 것이었다. 앞자리를 맡겠다고 자원한 나는 '고결한 순교자' 칭호를 얻었다. 너무 고마울 때 사람은 폴짝폴짝 뛰기도 하는구나, 깨달은 순간이었다.

내가 둔 승부수는 팀장님의 주량과 주사였다. 그는 술도 못 마시는 주제에 거짓된 주량으로 허세를 부리는 참된 진상이었다. 나로 말하자면 팀장 때문에 이를 갈다 말술이 된 사람이었다. 팀장님이 제정신이었다면 내 삶에도 평범한 저녁이 허락되었을 것이다. 하지만 나는 이미 몇 달째 깡소주를 들이붓다 몸서리치며 잠드는 일상을 보내고 있었다. 그게 그가 의도한 일종의 훈련이었던 건지는 모르겠지만, 당시 내 주량은 소주 3병을 웃돌 정도였다.

일과를 마치고 다 함께 삼겹살집으로 가는 길, 나는 두둥실 떠오른 보름달에 대고 간절히 소원을 빌었다. 달의 여신 아르테미스님, 세일러문님, 닐 암스트롱님⋯⋯. 도와만 준다면 누구라도 좋았다. 내 바람은 오늘 팀장님이 댁에 돌아가셔서 정말로 돌아가실 것 같은 괴로움을 느끼는 것, 그것 하나였다. 내가 그 인간 때문에 매일 꾸는 악몽을, 그 인간에게 반의반만큼이라도 되돌려 주고 싶었다.

드디어 들어선 가게 안, 나는 무리 없이 팀장님 맞은편 자리를 선점했다. 그러나 마음이 너무 급한 나머지 약간 부자연스럽게 굴고 말았다. 입장하자마자 롱패딩과 백팩을 벗지도 않은 채, 냅다 가게 냉장고에서 술부터 한 병 낚아채 자리에 착석한 것이다.

"너 왜 이래⋯⋯?"

낌새를 맡은 팀장님이 말끝을 흐렸다. 그가 그러든가 말든가 나는 이판사판이었다. 팀장님은 오늘 여기서 스스로 걸어 나갈 수 없을 것이었다.

"실내 공기가 건조해서 목부터 좀 축이려고요."
"무슨 개소리야. 그리고 소주를 빨간 뚜껑으로 집어 오면 어떡하니."
"앗, 이미 따버렸는데. 정 힘드시면 팀장님은 꺾어

드세요. 아님 자몽에 이슬 시켜 드릴까요."

"어쭈, 너 나 몰라? 나 중3 때부터 아버지 옆에서 반주하던 사람이라고."

"열여섯에 아버지랑 술 드신 걸 제가 어찌 알까요."

"요즘 중3은 열여섯 살이냐?"

"중3은, 단군 할아버지가 아기 천사이던 시절부터 쭉 열여섯 살이었는데요."

"아우 너 진짜 짜증 나. 난 술이나 마시련다."

팀장님은 너무 잘 끓는 주전자라 도발에 공들일 필요도 없었다. 내 계획은 일사천리였다. 그는 고기 한판이 다 익기도 전에 반 정도 죽었고 나는 그 모습을 보며 수명이 연장되는 걸 느꼈다. 만취한 그에게서는 알고 싶지 않은 회사 흑역사가 줄줄 튀어나왔다. 나는 그의 입을 막고 싶은 순간마다 끼어들어 건배를 외쳤다. 술게임 같은 허접한 수는 두지 않았다. 그러다가 다른 사람이 걸리면 외려 거추장스럽기 때문이었다.

다음 날, 팀장님이 병가를 내는 바람에 나는 한 번더 팀원들의 열렬한 환호를 받았다. 이윽고 그가 출근한 날 예의상 괜찮냐고 물었더니, 구토가 멈추지 않아

천당 직전까지 다녀왔다는 그의 허풍이 따라왔다. 새로 산 고급 구스 다운 이불에 토하는 바람에 어머니께 쌍욕을 먹고 심지어 몇 대 쥐어 터지기도 했다고……. 팀장님은 천당에 갈 자격이 없으므로 앞에 한 말은 무조건 뻥이었다. 내가 팀장님 어머니라도 그를 쥐어박고 싶을 테니 뒷말은 아마도 사실일 듯싶었다.

하루 만에 1.5kg이 빠졌다는 팀장님은 겉보기엔 15kg 정도 빠진 사람처럼 보였다. 나는 그날 점심시간에 수저로 입꼬리를 가린 채 홍홍홍 웃었다. "그것은 당신이 여태 빼먹은 우리네 영혼의 무게입니다." 그 말만은 내뱉지 않았다. 그 말을 농담처럼 해낼 자신이 없었다. 팀장님은 그날 응급실에 갈 뻔했다며 온종일 징징댔지만, 그 누구의 동정도 사지 못했다. 우리야말로 팀장님 때문에 내과, 정신과 등을 전전한 지 오래였다.

시간이 흐르고 흘러 이젠 내 지인 중에서도 팀장 직함을 단 사람이 종종 생겨났다. 그들이 내 앞에서 "팀원들이 날 너무 좋아해. 맨날 술 마시재"라며 뿌듯해할 때면 묘한 기분이 들었다. 그 사람이 내 친구의 순수한 팬일지, 회식 날만을 고대하는 '고결한 순교자'일지, 알 길이 없어서였다.

신흥 귀족 프리랜서

최근 나에겐 꽤 민망한 일이 생겼다. 《언러키 스타트업》 출간과 동시에 전에 다니던 직장으로 재입사를 하게 된 것이다. 스타트업 회사를 책 한 권에 걸쳐 씹어놓고 본인은 홀랑 스타트업 회사로 돌아가다니……. 사주에 망신살이 낀 게 틀림없었다. 심지어 나는 《언러키 스타트업》 출간 이전부터 프리랜서 삶의 홀가분함을 재수 없을 만큼 자랑한 적도 있다.

물론 모든 것은 온전히 나의 선택이다. 아무도 내게 회사원으로서의 복귀를 강요하지 않았고, 아버지는 심지어 정색하고 말리기도 했다. 안 그래도 성미 고약한 딸이 회사 다니면서 글까지 쓰느라 심하게 피곤해지면, 가족 단톡방에 불평불만을 쏟아낼 테고, 그러면 본인이 더 미칠 것 같다는 판단에서였다. 그래도 나는 야무지게 면접을 마치고 합격 통보를 받았다. 거의 내정자나 다름 없어 낙방할 리 없는 면접이었지만, 첫 출근 날엔 어쩐지 얼떨떨한 마음을 감출 수 없었다. 갑자기 내가 왜 여기 와 있는지, 이게 잘하는 짓인지 두려워지기도 했다.

물론《언러키 스타트업》은 현 직장을 비꼬는 이야기가 아니었다. 오히려 지금 다니는 직장은《언러키 스타트업》과는 정반대 성향의 회사다. 하지만 대표님 눈치가 보이는 것도 사실이었다. 내가 스타트업 회사 대표래도 겸업 예술가인 데다 출간작 제목이《언러키 스타트업》인 직원은 좀 꺼림칙할 것 같았다.《젊은 ADHD의 슬픔》이 출간되었을 땐 대표님께 온라인 서점 링크를 보내 한 권 구매해 주십사 부탁하기도 했는데,《언러키 스타트업》은 그럴 수가 없었다. 나는 직장 동료들이 사무실에서 해맑게 출간 축하한다는 말을 건넬 때마다 "쉿, 쉿!" 하면서 입을 막았다. 원래 친했던 분들이 낯선 직원들에게 나를 소개하며 "이분은 무려 작가님이랍니다"라며 너스레를 떠는 것도 금지했다. 다행히도 대표님은 내 새로운 책을 못 본 것 같았다. 책이 나온 줄도 모르는 것 같다고 확신한다. 알았다면 재입사 이틀째에 나를 팀장으로 승진시키지 않았을 테니 말이다.

혹자는 어찌 됐든 잘된 일 아니냐고 되묻기도 했다.

안정적인 고정 수입과 글쓰기로 버는 변동 수입을 합치면 벌이도 괜찮지 않냐고. 몸은 고단하겠지만 겸업해볼 만도 하다고. 그러나 이 소식이 실패담 에세이에 담기는 이유는, 사실 내 재취업이 프리랜서 생활의 실패를 뜻하기 때문이다.

물론 프리랜서 생활은 황홀했다. 평일 내내 일정이 자유롭다는 이유로, 남들이 오전 9시부터 회사에 매여 있을 때 나는 한가로이 햇볕 구경이나 할 수 있다는 이유로 내가 무슨 신흥 귀족이라도 된 것 같았다. 나는 무료한 시간을 노래 학원과 요가, 네일아트 등으로 채워 나갔고, 알람을 맞추지 않고 멋대로 자고 일어나는 생활을 반복했다. 아무도 나를 깨우거나 재우지 않았다. 피곤할 일이 하나도 없어 오히려 잠이 안 올 지경이었다. 그런데 나중에는 바로 그 점이 문제가 되었다. 1년 6개월가량의 프리랜서 생활에서 배운 것은 여유와 권태는 한 끗 차이라, 거의 같은 말이라는 거였다.

게다가 나는 생각보다 훨씬 더 외향적인 사람이었다. 처음엔 노트북 한 대만 있으면 어디서나 작업할 수 있는 작가의 생활이 더없이 만족스러웠다. '디지털 노마드'라는 세련된 이름으로 나를 설명하기도 했다. 그러나 온종일 말 한마디 하지 않은 채로 자판만 두들기는 날이 많아지니 내 안의 무언가가 무너지는 느낌이 들었다. 사람은 어떻게 이다지도 간사한 것일까. 회사 다니느라 힘들 땐 시간만 많이 주어진다면 무적의 존재가 될 것만 같았다. 그동안 시간이 없다는 이유로 성공하지 못했던 생산적인 일들을 모조리 해낼 수 있으리라 생각했다. 나는 내 납작한 상상 속에서 운동하고, 청소하고, 요리하고, 독서하는, CF에 어울릴 법한 삶을 사는 사람이 되어가고 있었다.

그러나 실생활에서 내 집은 늘 개판이었다. 나는 항상 어둡고, 널브러진 물건들로 어지러운 집 안을 징검다리를 건너듯 경중경중 넘어 다녔다. 몸을 씻는 주기도 점점 길어졌다. 까딱 정신을 차릴 때마다 돼지우리 한가운데서 개기름에 쩐 상태로 있기 일쑤였다. 어제도 집에 있었고, 오늘도 집에 있을 것이고, 아마 내일도 그럴 테니 모든 걸 당장 할 필요가 없었다. 시간이 얼마든지 있다는 이유로 삶의 필수적인 일들이 전부 밀리고 있었다. 나중에는 작업에도 차질이 생겼다. 언젠가부터는 날짜의 흐름 자체가 인지되지 않았고, 말일까지 줘야 하는 원고가 있다는 걸 알고 있지만 정작 오늘이 말일인지는 모르는 식의 실수가 생겨났다. 내겐 평일과 주말의 구분도 없었다. 친구들에게 "오늘은 왜 회사 안 갔어?" 묻고는 "주말이니깐"이란 대답을 듣고 난 뒤에야 '아, 그랬구나' 하는 나날이 이어졌다.

✦

그제야 통제 없는 자유는 감옥이라는 사실을 깨달았다. 진짜 감옥에는 석방이라는 개념이나마 있을 테지만, 울타리가 없는 시간의 감옥에선 안과 밖의 경계가 모호했다. 자유를 쟁취했다 생각했지만 실은 무방비한 자유가 나를 잡아먹고 있었다.

게다가 난 고독했다. 망망대해에서 혼자되는 것이 외로움이라면, 고독은 반대로 군중 속에서 홀로 남는 일인 것 같았다. 내겐 본래 친구가 많고, 작가라는 직업을 가진 뒤 더 늘어난 상태였지만, 회사를 그만두면서 '동료'는 전부 사라진 상태였다. 회사에서는 밉든 좋든 사람들 속에 섞여 공동의 결과물을 만들어야 한다. 하지만 창작은 그런 일이 아니었다. 회사 일이 단체 줄넘기라면 창작은 이어달리기와 같았다. 출판사, 편집자와 함께 작업을 꾸려 나간다 해도, 초고 과정에서는 오롯이 나 혼자일 수밖에 없었다. 내가 양치를 안 해도 입 냄새 하나 알아채 줄 동료가 없다는 사실에 고독감은 강해져 갔다. 친구들이 단톡방에서 회사에서 있던 사건을 왁자지껄하게 공유할 때마다 부러웠다. 회사라는 단어조차 지긋지긋한데, 왜인지 차라리 저 골치 아픈 일상 속에 속해 있는 것이 지금보다는 사는 것 같으리란 생각이 들었다.

팀원들끼리 옹기종기 모여 짧은 점심시간 안에 해치우던 식사나 티타임도 그리워졌다. 전업 작가가 된 후 제일 먼저 형편없어진 것도 식생활이었다. 나는 세 끼 분량의 배달 음식을 시켜놓고 배고플 때마다 꾸역꾸역 먹어 치우는 식으로 살아가고 있었다. 오래 두면 굳는 종류의 음식을 데우기도 귀찮아 그냥 씹고 있을 때면, 퇴사 초기 신흥 귀족 어쩌고 하며 깔깔댔던 내 모습이 우스워졌다. 세상 어떤 귀족이 본드처럼 굳은 치즈와 엄지발가락 굵기로 불어 터진 떡볶이 떡을 온종일 질겅 거린단 말인가…….

그래서 재입사 후 가장 신나는 시간 역시 점심시간 이었다. 재출근 첫날의 점심시간엔 남몰래 눈물을 글썽

거리기도 했다. 사회에서 배제된 적은 없었지만, 어쩐지 다시 진정한 '사회'에 속하게 된 것 같아 벅차오른 것이다. 나는 내내 부정하던 현실을 인정하게 되었다. 내게는 자유보다 사람이, 고요보다 소란이 중요했다. 나는 내가 세상을 느끼는 기준이 사람이며, 안정감의 또 다른 이름은 소속감이라는 걸 깨달았다.

그러나 세상일은 언제나 양면적이었다. 나는 재취업을 통해 루틴을 만들어, 스스로 무기력을 치료했다고 생각했다. 사실 그 루틴은 억지였다. 너무 피곤한 나머지, 무한한 시간을 어찌지 못해 뜬눈으로 지새우는 밤들이 사라진 거였다. 실제로 집에 돌아오면 바로 까무러치기 일쑤였다. 아침마다 욕실 바닥에 주저앉아 눈 감고 샤워를 했다. 때로 샴푸가 완전히 씻기지 않았다는 느낌을 받기도 했는데, 그런 사소한 일에 신경 쓸 여력이 없을 정도였다. 그래도 나는 경기도 변두리의 8.5평짜리 자취방을 떠날 생각이 없었다.

집주인이 갑자기 이 집을 3개월 후 전세로 돌리겠다는 청천벽력을 전하기 전까진 말이다.

자기만의 방을 가진 사람

대한민국 사람이라면 누구나 건물주나 집주인이 되기를 꿈꾼다 해도 과언이 아니다. 10대부터 90대까지, 남녀노소를 하나로 묶는 국민적 욕망이 바로 부동산이다. 그러나 나는 의외로 집이나 건물 같은 것엔 별 관심이 없었다. 대학 시절 생 양아치 같은 집주인과 부동산을 만나 전세 사기 직전의 위기를 겪어본 후부터 그랬다.

대학 시절은 제대로 기억나는 것이 거의 없는데, 내 개인 자산도 아닌 4천만 원 때문에 밤낮없이 발발 떨었던 악몽만은 아직도 선명하다. 거의 모든 호실의 세입자와 전세 계약을 맺어 목돈을 만든 건물주의 행방이 묘연하고, 그로 인해 건물 전체의 수도와 전기세가 미납된 상태이며, 최악의 경우 건물 전체가 경매에 넘어갈 수도 있다는 것이었다. 이에 극도로 불안을 느낀 나는 학교생활을 제대로 하지 못했고, 마음의 병과 몸의 병을 동시에 얻어 너덜너덜해졌다.

당시 나는 '입맛이 없다'는 생소한 감각을 온몸으로 학습했다. 먹성이 좋던 시절 상상하기에, 입맛이 없다는 건 음식의 맛이 조금 덜 느껴지는 상태 아닐까 싶었다. 그러나 우환으로 입맛을 잃어보니까, 그것은 음식 맛을 못 느끼는 상태가 아니라 음식 먹을 필요를 못 느끼는 상태에 가까웠다. 사람이 극도의 두려움에 휩싸이면 섭식으로 생을 이어간다는 일 자체가 새삼스러워진다. 내가 이 지경이 되어서도 살기 위해 메뉴를 고르는 것이 무척 뻔뻔한 일처럼 느껴진다. 지금 생각하면 부모님께 바로 도움을 요청하는 게 맞지만, 어린 마음에 공포로 인한 마비를 느낀 나머지 상식적인 조치를 취할 수 없었다.

그 이후로 나는 전세라는 계약 형태를 신뢰하지 못하게 되었다. 어차피 돈도 없지만, 돈이 있대도 전세로는 살고 싶지 않았다. 그래서 사회인이 된 후에도 월세를 전전했고, 그 사실에서 별다른 공허감을 느끼지 않았었다. 그런데 스무 살의 나를 울렸던 전세가 이번에는 조금 다른 형태로 서른 살의 내 발목을 잡았다. 벌써 월세로 2년 9개월이나 거주한 집의 주인이 뜬금없이 집을 전세로 돌리겠다는 거였다.

전세, 전세! 거지 같은 전세……. 전세라는 얘길 듣자마자 안온하기만 하던 단칸방이 지푸라기 움막처럼 초라하게 느껴졌다. 나는 아무 생각 없이 묵시적 갱신을 염두에 두던 차였다. 지금 사는 집이 저렴하거나 교통이 편리한 건 아니었지만, 그냥 감수하고 살 요량이었다. 그런데 집값이 갑자기 500/50에서 1억 8천만 원이 되면서, 내게는 아무런 선택지가 없어졌다.

그래도 내게는 아직 방법이 있었다. 이 건물 내 다른 호실을 알아보거나, 이 동네를 벗어나지 않은 선에서 비슷한 컨디션의 매물을 찾거나, 아예 서울로 떠나버릴 수도 있었다. 어떤 방식이든 확 끌리거나 확 싫지는 않은 장단점이 있었기에 망설임이 길어졌다. 집주인은 내게 전세 대출을 알아보라 했지만, 프리랜서에게 2억 가까운 전세금을 빌려주겠다는 곳은 없었다. 게다가 애초에 집주인이 전세 운운하는 이유는 금리였다. 천운이 닿아 그 돈을 마련하더라도, 그 이자가 지금의 월세를 상회한다면 굳이 여기 살 필요는 없었다.

고민 끝에 나는 서울로의 이동을 결정했다. 어차피 재취업하게 된 회사의 위치가 강남이었다. 출판 업무

관계로 미팅을 할 때도, 언론사와 인터뷰를 할 때도, 유튜브를 찍을 때도, 북토크를 할 때도… 모두 서울에 가야 했다. 나를 둘러싼 모든 업무는 서울에서 이루어졌다. 이미 그런 일정에 맞추느라 택시비를 달마다 40만 원씩 지출하던 차였다. 머릿속 대충대충 계산기로 따져 보면, 서울살이나 지금의 지방살이나 돈 드는 건 마찬가지였다. 갑자기 거북이나 달팽이가 부러워졌다. 적어도 대한민국에서는 그 아이들의 신세가 내 신세보다는 훨씬 나았다. 나는 맨몸으로 태어나 맨몸으로 가지만, 그들은 세상에 날 때부터 집 한 채를 해오지 않는가…….

법 없이도 살 사람

대학 시절 내 성적은 그야말로 엉망이었다. 졸업 후 만나본 사람 중 나보다 성적이 낮았던 경우를 본 적이 없다. 나는 그해 45명의 졸업생 중 44등이었는데, 내 뒤에 계신 한 분은 중국인 교환학생이었다. 문예창작과라는 전공을 고려하면 그분이나마 이겼다고 기뻐할 일이 아니었다. 대체 하라는 공부는 안 하고 뭘 한 걸까? 돌이켜 보니, 미친 듯이 아르바이트를 했던 시절의 기억이 떠올랐다.

나는 손이나 눈치가 빠른 일꾼은 아니었다. 다만 한시도 가만있지 못했고, 한 시도 가만있지 않으려는 목적으로 매장 이곳저곳을 강박적으로 닦아댔다. 내가 겪어본 모든 사장님은 이 점을 아주 높게 쳤다. 게다가 그때의 내게는 아직 세상에 제대로 데어보지 않은 아이 특유의 천진난만함과 친절함이 있었다. 지금은 억만금을 준대도 흉내 내지 못할 모습이다. 어쨌든 이런 특성을 살려 구한 일자리 중 하나가 스크린 골프장이었다. 그때가 벌써 10년 전이니, 골프라는 운동 자체가 지금보다 생소했으며 소위 말하는 '부자 운동'의 인상을 지녔을 때였다.

실제로도 골프장엔 돈 좀 있어 보이는 사람들만 방문했다. 부부 동반도 드물진 않았지만, 대부분은 나이 지긋한 동성들끼리의 모임이었다. 내가 제일 좋아하던 손님들은 단연코 '사모님들'이었다. 사모님들은 성희롱하는 법이 없었으며, 심부름 하나를 시킬 때도 우아하고 다정한 말씨를 썼다. 그리고 이름 모를 알바생인 나를 위해 이런저런 간식거리를 사다 주기도 했다.

반면 아저씨 무리는 놀라울 정도로 무례했다. 음식이나 간식에 관대한 것은 아저씨들도 마찬가지였으나 그들의 나눔에는 늘 이상한 조건이 붙었다. 애교를 부려 보라거나, 무리 중 제일 잘생긴 사람을 골라 보라거나, 전화번호를 달라거나 하는 시답지도 않은 소리를 내뱉었다. 처음에는 수모를 당할 때마다 눈물이 났다. 하지만 점점 삶의 고단함이 눈물샘을 짓누르기 시작했고, 더 나중에는 누가 뭐라든 감정 없이 싹퉁바가지 없는 대꾸

한두 마디를 쏘아붙일 수 있게 되었다. 내가 성장한 것인지 배린 것인지 모르겠다는 생각이 들 때쯤, 이제까지와는 좀 다른 아저씨들이 골프장에 드나들기 시작했다.

직업을 물으면 한사코 중장비 판매업이라고 했지만, 구성원 모두가 지나치게 화려한 이레즈미 문신을 갖고 있었다. 그들은 셔츠를 입어도 긴팔이고, 반소매나 민소매를 입어도 언제나 긴팔이었다. 문신을 빼고 보더라도 보통 시민답지 않은 그들에게는, 단번에 느껴지는 위압적인 분위기가 있었다. 그분들은 바른 자세 전도사였다. 카운터에 퍼져 있다가도, 그분들이 등장하면 저절로 단전에 기합이 잡히고 온몸이 곧게 퍼졌다. 그들이 게임에 거는 판돈도 남달랐다. 보통의 손님들이 게임비나 식사비 정도의 내기를 할 때 그들의 게임에는 천만 원 단위의 돈이 오갔다. 그분들의 방에서 호출이 올 때마다 나는 삶과 죽음의 기로를 오가는 기분을 느꼈다. 문 여는 타이밍을 잘못 계산하면 나 때문에 스윙을 삐끗한 누군가가 역정을 냈기 때문이다. 역정만 낸다면 차라리 다행인데, 다른 사람이 "웃기는 새끼네, 지가 ×같이 쳐놓고 엄한 애기를 잡고"라는 식으로 내 편을 거들기 시작하면 분위기는 거의 파탄에 이르렀다.

하지만 사람은 어떤 공포 상황에서도 기어코 적응해 내는 존재다. 의도한 건 아니었지만, 어느 날 그들 중 제일 형님이 내게 '드라이버'를 가져오라 시킨 적이 있었다. 골프 용어를 전혀 모르던 나는 재빨리 카운터 공구함을 뒤져 십자 드라이버와 일자 드라이버를 챙겨갔다. 침묵이 두려워 "뭐 고치시게요?" 물으며 히죽 웃기도 했는데, 알고 보니 그곳에서의 드라이버란 대가리가 둥그렇고 커다란 골프채 이름이었다.

형님은 내가 바보라는 걸 알아차린 후 티 나게 나를 챙기기 시작했다. 끈적한 느낌은 아니었고, 이장님이 동네 들개의 밥을 챙겨주는 것과 흡사한 느낌으로 날 대했다. 나는 형님의 총애를 받아 그만의 담배 심부름꾼 지위를 부여받았는데, 골프장에서 손님들의 담배를 사다 주는 건 금지라는 직언을 할 수는 없었다. 어쨌든 형님의 총애가 형님의 눈총보다 나으므로 묵묵히 담배를 사다 날랐다.

그즈음 내가 본 사람 중 최고로 괴팍한 아저씨가 매니저로 바뀌는 불행한 사건이 일어났다. 나는 물론 알바생 중 누구와도 맞지 않는 사람이었다. 그와 함께 근무하는 날이면 70%의 확률로 눈물이 쏙 빠지도록 면박을 들었다. 그러던 어느 날, 봉변의 현장으로 운명처럼 형님이 등장했다.

"너 왜 우냐?"

울다가 불어 터진 부연 시야로 매니저의 두 눈이 휘둥그레지는 걸 느꼈다. 순간, 알 수 없는 촉이 왔다. 지금이었다. 이 순간이 바로 형님이 내게 그 많은 담배 심부름의 수고를 갚을 때였다. 나는 하느님도 들을 수 있도록 크게 소리쳤다.

"손님이 찻잔을 깨셔서……제가 급한 대로 다이소에서 사오겠다고 했거든요. 근데 매니저님이 자기랑 장난치냐고……. 그 찻잔이 로얄 알버트라고 17만 원 짜린데, 저는 찻잔이 17만 원이나 할 수 있다는 것 자체를 몰라가지고 한 말이거든요……. 엉엉엉."

"아이씨, 아재요."

"예?"

"꼬맹이들한테 시비 깔 시간 있음 저기 6번 방 시설이나 고치쇼. 그리고 그 찻잔 깬 거 난데?"

"그러…시군요."

"어떻게, 물어줄까?"

"아니요. 하하하."

우리에겐 사탄처럼 군림하던 매니저가 한순간에 납
작해지는 모습을 보고 나는 믿을 수가 없었다. 나중에
형님이 다시 방문했을 때 나는 그에게 고개 숙여 감사
를 표했다. 형님은 형님 나름대로, 맨날 줄행랑치기 바
빴던 내가 먼저 다가와 살갑게 구는 게 기특한 모양이
었다. 이후로 나는 골프장에 성희롱 빌런이 나타날 때
마다, 술 취해서 욕설을 내뱉는 진상이 발생할 때마다
형님이 계신지 여부를 살펴 부리나케 일러바쳤다. 참으
로 신기한 일이었다. 내가 말하면 귓등으로도 안 듣는
사람들이 하나같이 형님 말은 단칼에 알아듣는 것이었
다. 눈알에 개기름이 번들거리는 변태도 사지를 못 가
누는 취객도 형님 앞에서는 한없이 올바르고 공손한 사
람이 되었다. 나는 비로소 법 없이도 살 사람이라는 말
의 참뜻을 이해했다. 나는 그것이 최상위의 도덕적 인
간을 칭하는 줄로 이해해 왔으나, 진짜 법이 없어도 괜
찮을 사람은 형님이었다.

나르시시스트로부터의 도망

인간관계 문제로 정신과 치료를 받은 적이 두 번 있다. 한 번은 재직 중인 회사의 사장, 한 번은 친구 때문이었다. 나는 이들의 괴롭힘으로 인해 심각한 우울증과 알코올 의존을 겪었다. 가까스로 해방된 후에도 실은 오랫동안 그들의 영향력에서 헤어나오지 못했다. 전혀 다른 두 사람의 공통점이라곤 기괴하고 고약한 성격뿐이었는데, 이에 억울하면서도 궁금했다. 나이도, 성별도, 성장 배경도 모두 다른 타인끼리 어떻게 성격 하나만 이다지도 똑같은 것일까? 나는 왜 바보처럼 비슷한 유형의 악인에게 두 번이나 당한 것일까? 아니 애초에, 그들의 정체는 무엇이었을까……?

나는 사람들에게 그들이 이기적이고, 거짓말을 잘하고, 뻔뻔하고, 공감 능력이 하나도 없다는 설명을 주절주절 늘어놓곤 했다. 그들에 대해 말하기 시작하면 언제고 분노가 끓고 손발이 떨렸으므로, 내 말은 진실로 보였을 것이다. 하지만 내가 항상 중언부언했던 이유는, 그들을 한마디로 정의할 언어가 나에게 없어서였다. 주변인들을 차례차례 정신과에 보내면서 본인은 절대 가지 않는 이런 사람들을 대체 무어라 해야 할지 감도 잡히지 않았다. 악마나 사탄이라 하기엔 그들은 매우 교묘하게 인간적이었다. 미쳤다고 단언하기엔 터무니없이 뻔뻔한 모습이 오히려 임기응변에 강한 리더처럼 보일 때도 있었다. 술자리에서 그들에 관한 장황한 하소연을 하다 보면 나중에는 내가 더 미친 사람처럼 보였고, 떨떠름한 주변인들의 반응에 나는 지쳐갔다.

✦

비로소 그들의 정체를 찾은 것은《나르시시즘의 심리학》이라는 책에서였다. 내 젊은 날을 크게 훼손하고 보상도 없이 사라진 그들은 고작, 또는 무려 '나르시시스트'였던 것이다.

이러한 사람들이 앞에 있으면 통제당하고 조종당한다는 느낌을 받거나 무력감과 분노를 느끼고 또 감정의 롤러코스터 위에 올라탔다는 기분에 시달리게 된다. 나르시시스트들은 강력한 힘의 장force field을 생성하는데, 거기에 저항하기도 어렵거니와 일단 끌려 들어가면 제어가 거의 불가능하다. 우리가 유아기에 해결하지 못했던 자기애적 취약점들, 그것이 무엇이든 나르시시스트들은 바로 그 부분을 공략한다.

— 샌디 호치키스Sandy Hotchkiss 저, 이세진 역,
《나르시시즘의 심리학Why Is It Always about You?》, 교양인

널리 알려진 대로 나르시시즘은 그리스 신화 속 나르키소스 설화에서 기원한다. 절세의 미소년이 호수에 비친 자기 모습을 짝사랑하다 결국 호수에 빠져 죽었다는 슬픈 이야기다. 하지만 정신분석학이나 심리학에서 다루는 나르시시즘은 단순한 거울 왕자 개념이 아니다. 나르시시즘의 본질적 의미는 한마디로 '자기애의 과잉으로 일그러진 인지 상태 전반'이다.

나르시시스트 주변인들이 반드시 괴로워지는 이유도 여기에 있다. 그들은 타인을 별개의 인격체로 대하지 않고, 자신의 왜곡된 환상을 지탱하기 위한 수단으로 삼는다. 자기 자신만이 중요하고, 우월하며, 특별

하기에 자신을 제외한 군중은 사소하고 열등하며 평범한 존재로 격하한다. 따라서 나르시시스트의 기행은 늘 '나에게만 자격이 있다는 듯'한 당당함 속에 펼쳐진다. 때로 먼저 숙이고 겸손을 떠는 듯한 위장술을 쓰기도 하지만, 어딘가 공허하고 거짓된 태도라 상대는 금방 위화감을 느낀다. 애석한 일이지만, 아무도 그들을 바꿔 놓을 수 없다. 가족, 친구, 연인, 스승은 물론 나르시시스트 본인조차 자기 자신을 변화시키지 못한다. 나르시시스트들 대부분이 나르시시즘에 오염되지 않은 기준과 관점을 가져본 적이 없기 때문이다.

144

책에 따르면, 모든 인간은 생후 2~3년 동안 정상적 발달 과정의 하나로 나르시시즘을 겪는다고 한다. 세상에 오로지 자신뿐이라 어머니 또한 '나'로만 감각되는 시기, 그래서 어머니가 자신을 품에서 떼어내는 것을 용납하지 못하는 시기 말이다. 아이는 엄마와 완벽한 일체라는 환상이 깨질 때 최초의 수치심을 느끼는데, 이때 양육자가 어떤 대응을 하느냐가 아이의 정서 발달에 큰 영향을 미친다. 수치심을 다루는 법을 아이가 얼마나 잘 배우는지에 따라 나르시시스트로 남을지, 아닐지 그 여부가 결정된다. 시간이 흐르고 고착된 나르시시즘 속에서 몸만 커진 아이가 사회에 나가면, 파멸로 몰아갈 문제들을 발생시키기 시작한다.

유아기를 떠나보내지 못한 어른들이라 생각하면, 내가 만난 악인들의 행동도 어느 정도는 이해가 되었다. 그들은 분명 나쁜 사람들이었지만, 그들의 인격적 결함을 옳고 그르다고 단정 지을 수 있는 건 아니었다. 어쩌면 그들 또한 부적절한 양육 환경의 피해자일지도 몰랐다. 이상하게도 이 모든 것이 내 문제가 아니라는 사실이 위로가 되었다. 그러나 나중에는 바로 그 사실에 울화통이 터졌다. 그러면 나는 내 잘못도 아닌 일로 왜 이토록 괴로워해야 하는가!

나르시시즘에 관한 책을 아무리 많이 읽어도, 대학원에서 그 분야를 전공한대도 나르시시스트들을 피하긴 쉽지 않을 것이다. 심지어 그들의 수는 계속 증가하고 있다. 우리 사회가 나르시시스트 성향을 관대하게 바라봐 주고 있으며, 이를 '카리스마'의 일종으로 분류하는 경우가 드물지 않기 때문이다. (사실 나는 '나르시시즘'이라는 용어 자체가 증상에 비해 너무 낭만적이라고 생각한다. 나르시시즘 대신 '타인 착취자' 따위의 단어를 쓴다면 아무도 이 타이틀을 탐내지 않을 거라 확신한다.) 나 역시 세 번째 나르시시스트를 만나 고생하지 않으리란 법이 없다.
그래도 알고 당하는 것과 모르고 당하는 것은 천지 차이
아니겠는가? 오늘도 나르시시즘 책을 읽는 이유다.

결혼할 바엔 도토리를 줍겠습니다

얼마 전 사주를 보러 갔다가 "남편 복이 지지리도 없는 팔자"라는 얘기를 들었다. 어쩌다 결혼해도 이혼이고, 최악의 경우 사별이니 차라리 혼자 살란다. 거의 저주에 가까운 풀이였지만 나는 그냥 '우하하' 웃어버렸다. 결혼할 생각도 없는 나에겐 남편 복 있다는 소리가 더 심란한 까닭이다. 남편 복이 있다면 삶이 고될 때마다 슬그머니 남편을 원하게 될지도 모른다. 지금도 가끔은 해보지 않은 결혼 생활에 대해 상상해 보곤 한다. 친구들의 웨딩 마치, 신혼집을 구경하다가 마냥 좋아 보여 속절없는 충동을 느낄 때, 외로움이 훅 끼쳐온 탓이다.

애인이 없는 나는 내 안의 외로움에게 자주 말을 걸었다. "너 언제 그렇게 커졌니?" 외로움은 답이 없다. "얼른 사라지지 못하겠니?!" 이런 호통은 나를 좀 우스운 사람으로 만든다. 외로움에는 눈도 입도 귀도 없어서 대화도, 설득도 불가능하다. 때로 나는 고요하다는 이유로 외로움이 두려웠다. 조용한 밤은 특히나 그랬다. 내가 지금 외로운지 아닌지도 정확히 모른 채 얼떨떨한 심정으로 자주 지새웠다. 헷갈리는 와중에도 외로움이 빛을 꺼려 다행이라는 생각이 들었다. 덕분에 한낮에는 누구보다 명랑할 수 있었고, 밤에 조금씩 죽더라도 아침에는 혼자 살아갈 용기를 얻었다.

생명을 보전할 확률, 아플 때 덜 서러울 확률, 보유 자산을 키울 확률, 귀가하는 밤길이 무섭지 않을 확률, 양질의 끼니를 챙겨 먹을 확률, 정부 정책의 수혜를 볼 확률까지. 언뜻 보면 미혼보다 기혼의 삶이 훨씬 유리한 것처럼 보이기도 했다. 하지만 나는 혼자 살겠다고 마음먹었을 때, 기혼자와 나를 비교하지 않으리라 굳게 결심한 바 있었다. 애초에 비교는 어떤 면에서든 좋지 않다. 비교는 승부욕을 필요로 한다. 이기고 지고 길고 짧고를 자꾸 대다가 작은 차이를 벌리려고 큰소리로 악다구니를 치는 사람이 되고 마는 것이다. 게다가 남의 삶은 그저 남의 것이었다. 내가 입댈 자격이 없다는 말이다.

어떤 사람은 착한 척한다며 나를 비웃었다. "그럼

내가 악한 척을 해야 속이 시원하겠냐, 새끼야?"라고 대답하자 그는 자기 의견과 미소를 함께 철회했다. 나는 전혀 착하지 않고 오히려 좀 독선적인 성향의 사람이다. 내 세계에서는 처음부터 끝까지 나밖에 없고, 나는 누구에게도 나를 양보할 수 없고, 나를 내어주고 그 자리에 남을 채우며 만족할 수 없다. 따라서 나는 결혼할 수 없었다.

이쯤에서 나를 강철 솔로로 만들어 준 의인들을 소개해도 좋을 것이다. 그들은 또래 비혼 여성도 아니고 기혼 여성은 더더욱 아니요, 다만 내 전 애인들이다. 그 인간들을 생각하면 아직도 눈물 같은 식은땀이 줄줄 날 때가 있다. 왜 더 빨리 그 인간과 헤어지지 못했나? 아니, 살면서 영영 만나지 않았다면 좋았을 것을. 생각하다 보면 세계 최고의 과학자들에게 윽박질러서라도 타임머신을 갖고 싶어진다. 어쨌든 그들과 결혼하지 않은 현재, 난 천운을 타고난 사람이라 느낀다. 어쩌면 미래의 내가 아득바득 타임머신을 구해 도망쳐 온 시점이 지금일지도 모르겠는데……. 그렇게 생각하면 잿빛이던 오늘도 갑자기 청량한 투명 색이 되고, 마음속 겨울에도 새순이 돋아나는 기분이다.

의문스럽게도 남편 복이 전무한 내 사주에는 자식 복이 있었다. 처음에는 '내가 한부모가정의 리더가 된다는 말인가?' 싶었는데, 복잡다단한 현대 사회에서의 자식 복은 스펙트럼이 꽤 넓다. 들어보니 요즘은 반려동물은 물론, 예술가의 경우 작품까지 자식 복에 포함된다는 것이다. 나는 2020년에 아기 고양이 한 마리를 입양했고, 2021년엔 《젊은 ADHD의 슬픔》을 출간하며 작가 데뷔를 마쳤다. 2022년 출간작 《우리 모두 가끔은 미칠 때가 있지》와 《언러키 스타트업》까지 합치면 벌써 장성한 자식이 넷이 되는 셈이다.

특히 《젊은 ADHD의 슬픔》은 내 싱글 라이프에 큰 도움이 된 존재다. 그 책을 내기 전까진 결혼 어쩌고를 묻는 이들이 많았는데, 출간 후론 그와 관련된 질문이 뚝 끊겼다. 추측하기론 《젊은 ADHD의 슬픔》이 내게 소중한 첫 책임과 동시에 나의 치부책이기도 해서 그런 것 같았다. 출간 이후로는 결혼 종용 때문에 미치겠다는 사람을 볼 때마다 "너도 책 하나 써 봐, 그런 말들 쏙 들어가"라는, 조언 같은 농담을 자주 하곤 했다.

요즘 나는 '사람은 말한 대로 살게 된다'는 통설을 자주 떠올린다. 말하는 대로 이루어진다면, 우선 돈이 많았으면 좋겠다. 나는 아버지가 10년 전 스무 살의 내게 꽤 역설적인 예시를 들며 가르쳐 준 '돈의 중요성'을 여태껏 기억하고 있다.

"지음아, 아빠는 네가 행복하다면 맨날 산에서 도토리를 줍고 놀아도 괜찮다고 생각한다. 그러나 네가 맨날 산에서 도토리나 줍고 놀아도 괜찮기 위해서는, 일단 돈이 많아야 한단다."

외로움에서 시작된 이야기가 돈으로만 흐르는 것을 보니 외로움과 보유 자산은 무관하지 않은 모양이다. 아니, 무관할 리 없다. 얄팍한 내가 일 없이도 가끔 해대는 '결혼 생활 상상하기' 속에는 큰 집이 있고, 고급 가전 풀 세트와 장인의 수제 가구가 있고, 사랑하는 나의 부모님과 고양이를 위한 최첨단 시설이 있다. 근데 그 그림에 남편은 없다. 신랑이 없는데 어째서 결혼 생활 상상이냐 묻는다면 나도 모르겠다. 나는 정말이지 얄팍하여 신혼의 상징 같은 새것들만 누리되, 남편을 감수하고 싶지는 않은가 보다. 이제야 비로소 그토록 오리무중이었던 외로움의 성분을 알겠다. 그것은 홀로서기에 대한 불안이며, 까딱하면 그 불안에 속아 비혼을 철회할 수도 있다는 두려움이기도 하다. 외로움의 정체를 아는 즉시 외로움이 극복되는 것은 아니지만, 한 번 자신을 깨달은 사람은 방향을 착각하지 않는다고 믿는다. 혹여 결혼하고 싶어지는 실수가 발생할 때마다 길을 잃지 않기 위해 이 글에 책갈피를 남겨둬야지.

멋진 반려자의 이사

옛날에는 이사를 좋아했다. 새로운 보금자리에 둥지를 틀면 내 인생도 온통 새로워질 것만 같은 느낌이 좋았다. 이번에는 어떤 콘셉트로 집을 꾸밀까 온갖 궁리를 하는 것도 재미있었다. 하지만 이제는 집을 옮겨도 나는 여전하리란 사실을 깨달았다. 냉정하게 말하자면, 내게는 어떤 '감각'이 없었다. 돈을 잔뜩 써서 '오늘의 집' 앱의 핫 아이템으로 집을 도배해도 결국 어떤 식으로든 너저분하고 조잡해지는 전형이 나였다. 안타깝게도 내가 고른 최고의 물건들은 서로 어울리지 않았다.

그래서인지 이젠 이사라는 대단위의 행동이 너무나 끔찍하다. 이사에는 돈과 시간과 노력과 노동력이 동시에 매우 많이 들었다. 없는 돈과 힘들을 이사에 쓰고 나면 한동안 나는 빈 껍질이 된 채로 고갈 난 생애 자원들이 채워지길 기다려야만 했다.

그래도 어쩌겠는가? 전세 자금이 없고 전세 자금이 나올 구석도 없는걸. 나는 비가 오는 어느 우중충한 주말, 무턱대고 서울 어딘가로 향했다. 얼마나 열의가 없었는지 추리닝에 대충 슬리퍼를 찍찍 끌고 나간 참이었다. 인터넷에는 부동산 갈 때 추레하게 하고 가면 무시당한다는 식의 조언이 떠돌았지만 나는 차라리 중개인이 날 불쌍하게 봐주길 바랐다. "이 자식한테 바가지를 씌우기엔 양심에 찔리는군"이라 생각해도 좋고, "이 자식에겐 바가지를 씌워봤자 쪽박이겠구나"라고 여기는 것도 괜찮았다.

부동산에서는 역시나 날 환대하지 않았는데, 의외로 나라는 사람이나 돈 때문이 아니라 고양이 때문이었다. 나는 2년 반째 '맷돌이'라는 반려 고양이와 사는 중이었다. 그런데 반려동물이 함께라는 소릴 듣자마자 중개인의 얼굴에 난색이 보였다.

"어우, 고양이? 어떡하지? 고양이 데리고 갈 수 있는 곳 없을 거예요."

"……설마 한 곳도 없을까요."

"아가씨가 집주인이라고 생각해 봐요. 이 근처는 방

154

내놓으면 당일에도 나가고 그래요. 그러면 고양이 있는 사람한테 주겠어, 없는 사람한테 주겠어?"

솔직히 이때는 눈물이 쏙 빠질 뻔했다. 오로지 내 결정으로 가족이 되어 우리 집에 살게 된 맷돌이가, 남들에게 걸림돌 취급받는 것이 미안하고 서러웠다. 그러나 똑같은 이유로 갑자기 정신이 번뜩 뜨이기도 했다. 막말로, 거주지가 붕 뜬다고 가정했을 때 내 한 몸은 어디든 의탁할 수 있었다. 부모님 집에 들어갈 수도 있고, 친구들 집에 잠시 머물 수도 있고, 게스트하우스나 에어비앤비에 장기 투숙하거나 잠시 빈 집에 단기 월세로 들어갈 수도 있었다. 그러나 맷돌이는 아니었다. 내가 맷돌이를 거둘 수 없다면 그것만큼 끔찍한 일도 없었다. 그제야 동태 눈깔이나 뜨고 나그네 행세를 할 때가 아니라는 생각이 들었다. 나는 순식간에 절박해졌다.

"제발요, 진짜 없나요? 그럴 리가 없지 않나요? 왜냐면, 제 인생이 늘 이런 식으로 막히는데, 찾아보면 언제나, 반드시, 꼬옥 헤쳐나갈 길이 있었어요. 이번에도 있을걸요. 그리고 저희 고양이 엄청 순하고 엄청 착해요. 울지도 않고요. 그냥 살아만 있는 인형이에요. 그리고 저 각서도 쓸 수 있어요. 벽지나 바닥이나 그런 거 퇴거할 때 전부 되돌려 놓고 갈 수 있어요. 우리 고양이는 얌전해서 벽지나 바닥을 절대 안 뜯거든요. 진짜예요."

내 기세가 흉흉해서인지 중개인 분이 조금 누그러진 게 느껴졌다.

"······고양이 크기가 얼마나 해요?"

"완전 작아요. 아기고요, 요만해요."

"한 마리 맞죠?"

"그럼요!"

"계약하고 나서 실은 두 마리, 세 마리면 진짜 곤란해요."

"어차피 저 돈도 없어서 두 마리 못 키워요."

"아우, 안 될 거 같긴 한데 내가 알고 지내는 집주인 분 있거든요? 그분한테 한번 물어나 볼게요. 너무 기대는 하지 말아요."

"그분 그냥 여기로 오시라고 하면 안 돼요? 제가 빌어 볼게요. 저, 잘 빌거든요."

우리 고양이가 1년 동안 한 번도 울지 않아 오히려 걱정이라거나, 몸집이 내 머리통보다 작다거나 하는 것은 거짓말이었으나 내가 잘 빈다는 것은 사실이었다. 나라고 자존심이 없는 것은 아니지만, 실수투성이의 삶을 살다 보니 이런 넉살은 저절로 체득할 수 있었다.

염두에 둔 집이 부동산 코앞이었으므로 바로 매물을 보러 갔다. 준공 떨어진 지 2개월밖에 되지 않은 신축이었는데, 그 점이 행운이었다. 무리하게 빚을 내어 건물을 올린 집주인이 공실률을 줄이려 울며 겨자 먹기로 날 받아준 것이다. 그렇게 나는 서울에서 처음 본 집을 당장 계약하게 되었다. 집주인 부부 중 사장님만 고양이의 존재를 알고, 사모님은 모르니 힘을 합쳐 쉬쉬해야 한다는 찜찜한 조건이 붙긴 했지만 어쨌든 하루 만에 보금자리 고민을 끝냈다. 나는 혹여나 집주인이 변심할까 두려워 그 자리에서 바로 가계약금을 걸었다.

부랴부랴 잔고를 조회해 보는 잠깐 사이, '아뿔싸'가 절로 튀어나오는 기분이 들었다. 자랑은 아니지만 나는 항상 내 가용자산이 얼마인지 모르는 채로 살았다. 돈이 너무 많아서가 아니었다. 나는 늘 빈털터리였기 때문에 잔고를 맨날 들여다본들 반전이 없었다.

어영부영 가계약금은 해결할 수 있었지만, 또 다른 문제가 있었다. 집주인은 보증금 3천만 원 이하로는 절대 날 받아줄 수 없다는 입장이었다. 주머니 속 먼지까지 탈탈 털어도 수중에 가진 돈은 1천 5백만 원뿐이었다. 빨리 입주하는 조건으로 성사된 계약이기도 해서, 이사 날짜가 당장 2주 후로 잡힌 참이었다. 그날 집으로 돌아가며 2주 안에 남은 돈을 구할 방법을 한참 궁리했다. 가장 먼저 대출이 떠올랐지만, 금융권에서 보는 나는 '프리랜서라 쓰고 무직이라 읽는' 존재였다. 돈을 구할 수 있대도 고리대에 가까운 이자를 물어야 할 것이었다. 고심 끝에 내가 떠올린 대책은 친구들 15명에게 1백만 원씩을 빌리자는 것이었다. 지금 생각하면 제정신인 인간인가 싶지만, 그때는 이상하게도 그 방법이 합리적으로 보였다. 다행스럽게도 진짜 시도하진 않았는데, 내가 하는 소릴 듣고 경악한 엄마가 보다 못해 돈을 빌려주었기 때문이다.

그날 저녁엔 맷돌이를 끌어안고 참회의 눈물을 훔쳤

다. 돈 좀 모을걸. 아껴 쓸걸. 흑흑흑. 맷돌아, 너도 구질구질한 집사는 싫지? 아무리 힘주어 봤자 8평을 벗어나지 못하는 내가 한심하지? 흑흑흑. 나는 고양이가 다정스레 내 눈물을 닦아주길 바랐지만, 맷돌이는 그저 내 품을 발로 차고 자신의 집으로 피신할 뿐이었다.

그래도 나는 맷돌이에게 고마웠다. 맷돌이 때문에 집을 구하기 어려웠다는 생각보다는, 맷돌이가 있어 내가 점점 용감해지고 있다는 생각이 들었다. 맷돌이라는 존재가 없었다면, 나는 반려인으로서의 책임을 지고 살아가는 방법을 배우지 않았을 것이다. 이사 문제를 미룰 수 있을 때까지 미루면서 뺀질거리다가 널빤지로 지었을까 싶은 이상한 집에 둥지를 틀었을 내 모습이 빤했다. 그날 내겐 새로운 목표가 생겼다. 1, 2년마다 떠돌이 들개처럼 이사하며 다니기가 정말 싫고, 그렇다면 나도 집을 사야겠다고. 15개 은행에서 1억씩 빌릴 순 없을 테니 이제부턴 악착같이 돈을 모아야겠다고.

전혀 우습지 않은 나잇값

삼십 대 초반만 되어도 나이를 소재로 여러 가지 우스갯소리가 가능해진다. "11학번이면 거의 화석이지.", "애야, 할미가 어릴 땐 국민학교라는 것이 있었단다…….", "늙어서 그런지 몸이 예전 같지 않아." 등등. 나도 서른이 넘은 후부터는 일상에서 진심 반, 농담 반으로 뱉고 사는 말들이다.

농담일지언정 이 말들의 함의는 긍정적이지 않다. 우리 사회에는 나이가 든다는, 자연스러운 현상을 '낡음'이나 '늙음'의 신호로 받아들이는 보편 정서가 있다. 평균 기대 수명이 가파르게 늘어나도 '서른이면 모든 면에서 늦은 나이'라는 고정관념은 좀처럼 깨지지 않는다.

나 역시 서른 살에 회사를 그만두고 전업 작가로 살겠다고 선언했을 때, 주변으로부터 '시기'에 관해 수많은 우려를 들었다. 작가로서 일에 실패한다면, 무언갈

다시 시작하기 힘들 거라는 걱정들이었다. 물론 나는 그때 쏟아진 걱정들이 무색할 만큼 잘 살고 있다. 혹여 앞으로 실패한대도 그건 내 나이 때문이 아닌 다른 이유일 것이다. 상식적으로 서른에도 낙인을 찍는 사회가 마흔, 쉰, 예순, 칠순, 팔순…에 관대할 순 없다.

또래 친구들을 예로 들자면, 보통 둘 중 한 가지 태도를 보인다. 나이듦을 경멸하거나, 두려워하거나. 경멸하는 이는 자신의 나이를 외면한다. 두려워하는 이는 초조함을 이기지 못해 자꾸 어려지고자 시도한다.

나는 이러한 인식과 행동들이 노인 소외, 노인 혐오 문제를 대하는 시선에도 적지 않은 영향을 미친다고 본다. 우리 시대 노인들이 겪는 현실적 어려움을, 은연중에 '낡아버린 인간들이 감내해야만 하는 대가'로 만들기 때문이다. 슬프게도 인터넷 세상에는 노화로 인한 신체 능력 감퇴를 조롱하는 신조어들이 많다. 구태여 적지는 않겠지만, 조악한 혐오의 말들이 노인들이 받아야 할 배려와 존중 자산을 좀먹는 것은 확실해 보인다. 누구나 늙는다는 절대 진리에도 불구하고, 우리 사회가 유독 노인들을 배타적인 시선으로 보고 있지 않나 반성을 해볼 때다.

반성 후엔 물론 현실적인 복지 정책들이 이를 뒷받침해야 할 것이다. '노인 단독가구 기초연금 선정 기준액 인상', '이마트와의 실버 카페 개소 업무협약 체결', '노인학대 처벌 강화' 등이 좋은 사례가 될 수 있다. 요즘은 금전적, 의료적 보편 복지를 넘어 다양한 노인 일자리 창출로 노인들의 자립과 소속감을 고취하는 정책 또한 활발하게 시행되고 있다. 그러나 정책 외적인 부분이 함께 바뀌지 않는다면, 세대 간의 진정한 화합은 요원할 뿐이다.

　정부와 함께 대중매체도 노인들의 삶을 더욱 자주 조명해야 한다. 윤여정 배우, 밀라논나 디자이너처럼 멋진 노년의 삶을 보내는 분들은 물론 취약 계층으로서 소외된 노인들의 삶에도 초점을 맞춰야 한다. 개인적으로는 양극단이 아닌, 보편의 노인분들이 어떻게 생활하시는지 더 많이 볼 수 있으면 좋겠다.

　당장 지금은 나이듦을 희화화하는 말들을 멈추는 것부터 시작해야 한다. 누군가는 하다못해 사소한 유머까지 검열하며 살아야 하냐고 물을지도 모르겠다. 그런데 유머는 바로 그 사소함 때문에 힘이 세다. 진지하게 생각해야 할 일을 일회성 웃음의 소재로 삼으면, 어느 순간부터는 문제의식을 갖는 것 자체가 우스워진다. 사안의 본질도 퇴색될 수밖에 없다. 한 시대를 풍미하는 유머에는 웃음 이상의 힘이 담기기에, 오히려 유머에 대한 성찰과 자중이 필요하다.

✦

성공한 유머는 모두를 웃기지만, 실패한 유머는 모두가 웃는 가운데 딱 한 사람만을 울린다고 한다. 내가 나이 든 척 엄살을 피울 때도 나보다 나이 많은 사람들은 웃지 않는다는 걸 생각하면, 나이에 대한 농담에도 의도치 않은 공격성이 담기는 듯하다. 나보다 열 살 이상은 어린 아이돌의 활약을 볼 때마다, 2000년 이후 출생자의 주민등록번호는 3과 4로 시작한다는 걸 새삼 확인할 때마다, 요즘 초등학생들은 필수로 코딩을 배운다는 사실에 격세지감을 느낄 때마다 나 역시 위축되곤 한다.

연말과 새해에는 유독 나이에 대한 불안과 회한과 자학이 쏟아지곤 한다. 내년을 위해 나이를 언급하면서도 아무도 다치지 않는 말들을 몇 개 배워두려 한다. 가장 먼저 김연자 선생님의 히트곡〈아모르 파티〉가사가 떠오른다. 나이는 숫자일 뿐, 마음이 진짜니까 가슴이 뛰는 대로 가면 된다는 말. "성인이 도전하기에 늦은 것은 아기 모델뿐이다"라던 귀여운 밈meme도 있다. 나이 듦에 관한 긍정적인 언어가 몇 마디 혐오의 말들이, 망쳐놓은 것 이상으로 세상을 바꿀 수 있기를 소망한다.

사랑 시스템과 연애 회로

"사랑하는 사람을 잊으려면…… 어떻게 해야 하는 걸까."

애인과 대판 싸우고 헤어진 지 24시간도 되지 않았는데, 벌써 안색이 상해버린 친구가 물었다. 연애를 쉰지 오래인 나는 '사랑하는 사람'이란 표현이 간지러워 잠시 전율하는 시간을 가졌다. 말문이 막히는 일은 드문데, 순간 할 말이 없었다. 나도 언젠가는 사―어쩌구―랑 때문에 심장이 녹아 눈물샘에 수렴하는 것 같은 괴로움을 느꼈었는데, 돌이켜 보니 새삼 그때의 기억이 너무 흐릿해 나는 이제 아무도 사귀어 본 적 없는 태초의 나(?)로 돌아간 것 같은 심경이었다. 어쨌든 대답을 기다리고 있는 친구를 위해 목을 가다듬었다.

"머리가 나쁘면 사랑이고 원한이고 훌훌 날아가던데. 근데 그전에 일단 눈앞에서 없애야 돼."

"이미 헤어졌다니까."

"몸이 간 거지, 그 사람의 영혼은 너한테 덕지덕지 붙어 있잖아."

"야, 우리 오빠 안 죽었어……."

"걔가 왜 아직 네 오빠야? 전화, 문자, 카톡, 인스타 미련 4종 세트 전부 차단했어?"

"꼭 차단까지 해야 해?"

"난 원래 헤어지면 그 새끼 친구들까지 다 차단해. 지인들한테 연대 책임 씌우는 게 아니고, 그냥 걔 사진, 근황 이런 게 '불시에' 내 눈에 띌 확률을 차단하는 거야. 저 '불시에' 때문에 통제력을 잃고 충동적인 선택을 할 때가 많으니까."

"그렇구나……."

솔직히 친구가 진짜 헤어진 거라고는 생각하지 않았다. 싸우고 돌아선 커플이 화해와 동시에 재결합하는 일은 무척 흔한 패턴이었다. 괜히 잘난 척하는 나조차 예전에는 별명이 '칠전팔기'였다. 연인과 일곱 번 헤어지고 여덟 번 다시 붙으며 울고불고 촌극을 벌여서였다. 추잡한 나를 견디지 못해 잠시 떠난 친구도 있고, 그러거나 말거나 내 연애 쪽에만 딱 신경을 꺼버린 친구도 있었다. 반면 부처와 같은 인내심으로 내 모든 흑역사를 근거리에서 견뎌준 친구도 있었다. 수치스러운 민폐 투성이 과거에서 얻은 것이 있다면, 친구들이 내게 실컷 하소연하다가 결국 애인의 품으로 돌아가도 그리 고깝지 않았다는 점이다. 안식은 편한 친구에게서 찾고, 재미는 사랑하는 애인에게서 찾고 싶은 그 마음을 어느 정도는 이해하고 있었다. 나는 이미 어릴 적 친구들에게서 근 10년간의 이해심을 끌어다 썼으니, 이제 대상을 가리지 말고 그때의 은혜를 갚자는 생각이 들었다.

물론 연애 상담은 고민 상담 자체를 좋아하는 내게도 다소 버겁고 보람 없는 일이었다. 이상하게 누구든 연애 문제에서는 자기 멋대로 하기 위해 남의 의견을 묻곤 했다. 대체 왜 그러는 건지 이해하진 못했다. 그러나 둘 사이 연애란 어차피 내 이해를 필요로 하지 않는다는 사실은, 이미 이해한 참이었다.

이후 언젠가부터는 세상에서 제일 못난이를 사귀고 있는 친구를 봐도 아무런 가치 판단의 잣대가 서지 않았다. 나는 늘 친구들에게 "네가 좋다면 나도 좋아"라고 말했는데, 나의 진심을 확신하면서도, 이 마음이 극강의 우정인지 극도의 무관심인지는 헷갈렸다. 친구들이 알아서 잘할 것임을 믿는 중인지, 어차피 아무 말도 안 들릴 테니 미리 포기한 것인지 모르겠단 생각이 들었다. 때론 두 가지 마음 다 진실이 아닌 것 같기도 했다. 전자는 너무 이상적이어서 내 마음일 리 없었고 후자는 조금 못된 심보라 내 마음이 아니었으면 바랐다.

"근데 넌 연애 안 해?"

"응. 생각 없는데."

"왜?"

"그야 나는……."

그때 기막힌 타이밍으로 친구의 구 애인에게 전화가 걸려왔다. 스마트폰과 내 눈치를 번갈아 보는 친구를 위해 잠시 자리를 비켜줬다. 밤공기를 마시며 아까 하려던 대답을 혼자 마음속으로 생각했다.

연애 생각이 없어진 건 회사원과 전업 작가라는 직업군을 두고 절체절명의 진로 고민을 하면서부터였다. 고민 자체는 단순했다. 나는 별다른 일이 없는 한, 남은 삶을 ①작가이거나 ②회사원이거나 ③작가면서 회사원인 채로 살 것이었다. 앞으로 글을 한 글자도 안 쓴다 한들 책을 낸 전적 덕에 작가라는 타이틀이 박탈되진 않으니까, 엄밀히 따지면 ①과 ③, 단 두 가지 선택지만 주어진 지도 몰랐다. 문제가 복잡해진 이유는 내가 평생 앞날에 관한 진지한 고민을, 한 톨도 해본 적 없어서였다. 남들이 대학 원서를 낼 때쯤 경험하는 종류의 고민을, 삼십대 들어서서 하자니 조금 민망했고 많이 헷갈렸다.

고민에 종지부를 찍어준 것은 상황이었다. 갈팡질팡하는 사이 어느새 몸이 아등바등 작가와 회사원 투잡 라이프를 소화하고 있었다. 항상 이렇게 되는 대로, 어물쩍 살아도 괜찮을까 싶었지만 주저할 시간도 없이 매일의 일거리가 쏟아졌다.

너무 바빠 집안일을 할 짬도 없다며 엄살을 부리고, 실제로 개판인 집에서 살아가고 있음에도 나는 이 바쁨이 내심 만족스러웠다. 물론 이 상태로는 친구들을 마음껏 만나거나, 실컷 자거나, 흥미로운 평일 행사에 다니긴 어려웠다. 단점만 있는 것은 아니었다. 너무 바쁘니 술을 마실 수도, 무지성 소비를 해댈 수도, 빈둥대며

의미 없이 밤을 지샐 수도 없었다. 막상 시작할 땐 일과 삶의 균형이 무너져 불행해지지 않을까 걱정이 되기도 했지만, 일과 일로도 어떤 균형을 잡을 수는 있었다.

✦

가끔 짬이 날 때마다 문득 외로운 순간도 있었다. 그러나 외로움을 해소하기 위해 반드시 누군가를 곁에 둘 필요는 없었다. 오히려 예전에는 왜 그리 연애에 연연했는지 의문이 들 정도였다. 나는 항상 내 안에 남아도는 에너지와 사랑을 나눠줄 만한 대상을 찾아 헤맸지만, 내게서 비롯된 것들이야 다시 내가 가지면 그만이었다. 격한 업무에 시달리다 뻑뻑한 눈을 비비며 쓰러지듯 잠드는 날들이 많아질수록 자기 확신은 또렷해졌다. 애정이란 결국 존중의 다른 말임을 생각하면, 요즘의 나는 비로소 나를 사랑하는 방법을 배워가는 중일지도 몰랐다.

외로움은 일을 해치우듯 혼자 저녁밥을 먹거나, 모처럼 짬이 난 시간에 부담 없이 불러낼 '나만의' 사람이 없을 때마다 고개를 들었다. 그러나 곰곰이 생각해 보면 외롭다는 심정은 혼자여서 생기는 것이 아니었다. '외롭다'는 감각은 '지금의 초라한 나에게서 눈을 돌릴 대상이 필요하다'는 뜻이었다. 결국 모든 것이 타인에게서 비롯된 것도 아닌, 타인으로도 해결할 수도 없는 내 문제였다. 언젠가는 좋은 사람을 만나 다시 사랑에 빠질 수도 있겠지만, 그땐 아마도 내가 더 외로워진 시점이 아니라 더 충만해진 후가 아닐까 생각해 본다.

우리 집에서 진탕 술을 마신 후 하룻밤 자기로 했던 친구는 결국 구 애인의 전화를 받고 나가버렸다. 내 손을 꼭 잡으며 "미안해"라고 말하는 그 아이의 마음도 진심일 테고, 자기 애인 차에서 그가 건네는 화해를 받아줄 그 마음도 진심일 테다. 어쩌면 모든 마음이 진심인 친구처럼 그를 바라보는 내 마음도 모순일지언정 진심일 수 있겠다. 이대로 친구에게서 아무런 연락이 없다면 그들은 다시 붙은 것이다. 어차피 다시 연락이 온대도 오늘 나는 집에 더 이상 타인을 들이고 싶은 마음이 없으니 그 연락은 안 온 것과 똑같지 않나? 이럴 땐 진실이나 진심이 꼭 제일은 아닌 것 같다.

3

. . .

무지를 수호하는
백지 전략

. . .

뉴본 스쿨 입학 비하인드

몇 년 전 절친한 친구 생일을 맞아 가평 펜션에 놀러 간 적이 있다. 생일자 본인과 나, 빵돌이란 친구까지 세 명이었다. 우리는 너무 친해서, 여행을 가더라도 특별한 이벤트 같은 걸 벌이지 않는 사이였다. 그때도 펜션까지 찾아가 한 일이라고는 소파에 나란히 앉아 TV나 보는 것이었다. 우리는 유튜브에서도 케이블 TV에서도 주야장천 틀어주는, 보고 또 본 예능 프로그램을 무념무상 바라보고 있었다. 무감하게 시간을 보내고 있다가 불현듯 진로 이야기가 나왔다. 나는 무심코 심리학을 공부해 보고 싶다는 말을 농담처럼 입에 담았다.

"나는 사람도 좋아하고 사람들 위로하는 것도 좋아해. 남의 고민이 나로 인해 가벼워질 때 뿌듯함을 느껴. 만약 내가 대학에 한 번 더 가거나 대학원에 진학하게 된다면 심리 상담을 전공하는 게 어떨까 싶어."

명조체로 써 놓으니 진지해 보이지만 저 말은 "내일 점심은 국밥을 먹고 싶어", "아이폰 새로 나오면 바꾸려고" 정도의 심드렁한 대사였다. 그런데 갑자기 빵돌이가 눈을 빛내며 내 팔뚝을 덥석 잡았다.

"나도! 나도 그렇게 생각해. 심리학은 정말 멋진 것 같아. 사실 나는 요즘 실제로 공부를 하고 있거든. 아는 분한테 배우는 중인데 너도 관심 있으면 말해. 연결해 줄게."

"그래? 근데 나는 사람한테 배우는 건 별로더라. 내가 워낙 불성실해서. 넌 할 만해?"

"응. 진짜 재미있어."

"그래, 열심히 해 봐라."

그러나 나는 훗날 이 순간을 두고두고 후회하게 된다……. 그때는 빵돌이에게 무한의 애정과 가르침을 주는 스승이 신천지라는 걸 꿈에도 몰랐다. UN 총장도 얼마든 당할 수 있는 게 사이비 전도라는 걸 알면서도,

그런 일이 내 친구에게 벌어졌을 줄은 상상도 못 했다. 펜션에서 돌아온 뒤로 한동안은 빵돌이를 보지 못했다. 그와 연락조차 잘되지 않았지만, 나는 애당초 연락에 연연하는 스타일이 아니었다. 연락이 없다면 바쁜 것, 젊은이가 바쁘다면 그건 좋은 것…이라는 생각을 어렴풋이 하며 나만의 일상을 보냈다.

그러던 어느 날, 뜬금없이 빵돌이에게서 먼저 만나자는 연락이 왔다. 수심이 가득하면서도 조급해 보이는 목소리였다. 원래라면 내가 동네로 퇴근할 때까지 그가 기다리는 것이 자연스러운데, 그날 빵돌이는 굳이 서울까지 나와 나를 만나겠다고 했다. 우리는 늦은 저녁에 부랴부랴 잠실의 한 베트남 음식점으로 향했다. 그리고 음식이 미처 나오기도 전에, 빵돌이의 고백이 시작되었다.

시작은 우리 동네의 한 스타벅스였다. 빵돌이는 그즈음 매일 카페에 나가 이력서와 포트폴리오를 꾸리는 중이었는데, 어느 날은 얼빵해 보이는 2인조가 세상 무해한 미소로 그에게 말을 걸었단다. 2인조는 자기들을 봉사활동 단체 소속이라고 소개했다. 그러면서 빵돌이에게 빈 엽서 한 장과 색연필 꾸러미를 내밀었다. 소아암으로 고통받는 아이들에게 응원 메시지 하나 적어줄 수 없겠냐는 거였다. 빵돌이는 기꺼이 그 제안을 수락했다. 거절하는 것이 마치 아픈 아이들의 손을 내치는 것처럼 보여 죄책감이 들 것 같았단다. 빵돌이는 괴발개발 그림을 그린 뒤 자기가 아는 모든 예쁜 말들을 엽서에 적어 돌려주었다. 이후엔 인터넷에 흔히 찾아볼 수 있는, 사이비 썰 그대로인 바보 사냥이 시작되었다.

훗날 빵돌이는 그 순간을 '홀렸다'는 말로 설명했다. 정신을 차려보니 이미 자기가 어디 사는 누구인지, 왜 여기 있는지, 취미는 뭐고 전공은 무엇인지 줄줄이 불고 난 뒤였다고 했다. 2인조의 화술이 얼마나 뛰어난지 음료를 다 마셨을 즈음에는 이미 다시 만날 약속까지 일사천리로 잡아놓은 상태였다고 했다.

이후 빵돌이는 그들을 '공부방'에서 다시 만났다. 2인조가 설명하길, 원래는 억만금을 주고 들어야만 하는 엄청나게 유명하고 무척이나 대단한 사람의 취업 설명회가 그 공부방에서 열린다는 거였다. 빵돌이 생각에 그런 강연은 낡은 아파트에 딸린 2층짜리 허름한 상가 한구석에서 열리면 안 될 것 같았지만, 듣는 사람이 본인 포함 다섯 명이 전부이면 안 될 것 같았지만, 공짜로 혜택을 받는 처지에 무례하게 굴면 안 된다는 마음이 더 강했다. 강사는 4차 산업혁명과 5차 산업혁명을 운운하며, 우리나라 취업준비생들이 겪는 고난에 대해 장광설을 펼쳐 놓았다. 빵돌이는 너무 지루하고 정신이 없어 그 강연의 내용을 제대로 이해할 수 없었다. 마지막 즈음엔 뜬금없이 성경과 마음공부의 중요성이 강조되었지만, 모두 감명받은 표정으로 열렬히 박수를 치고 있었다. 빵돌이는 무슨 영문인지 모른 채로 후다닥 같이 박수를 쳤다. 이후 뒤풀이 자리에서, 2인조는 빵돌이에게 '뉴본 스쿨New-born school'이라는 단체의 정보를 흘렸다. 이전의 나약하고 초라한 자신을 버리고, 새로 태어나기로 다짐한 사람에게만 입학 자격이 주어지는 학교라고 했다. 빵돌이는 애매한 천주교 신자였기 때문에, 성경을 공부한다는 개념 자체는 낯설지 않았다. 차라리 독실한 천주교 신자였다면 달랐을까? 빵돌이는 가끔 당시를 회상하곤 했다. 내 생각엔 똑같을 것 같았다. 실제로 사이비에 가장 취약한 대상이 종교인이라는 걸 어디서 읽어본 적이 있다.

이때부터는 2인조의 태도도 조금씩 달라졌다. 흐리멍덩하고 얼빠진 이전의 모습과는 달리, 독기 비슷한 게 그들에게 보였다고 했다. 2인조는 빵돌이를 앞에 두고 윽박질렀다. 뉴본 스쿨로의 입학을 희망하는 사람이 많고 많으니, 너까지 굳이 면접을 보지 않아도 괜찮다고. 어차피 네가 원한다고 한들 바로 들어올 수 있는 곳도 아니라고. 아까 공부방에서 함께 강연을 들은 그 언니 보았느냐고, 실은 지금 그 언니가 제일 유력한 입학생 후보라고. 네가 면접을 기똥차게 잘 보지 않는 한 그 언니를 이기긴 힘들 거라고…….

빵돌이는 이 휘황찬란한 개뻥에 오히려 고무되었다. 갑자기 조바심이 들면서, 정말 성실히 준비해 꼭 뉴본 스쿨의 신입생이 되어야 한다는 의무감까지 들었단다. 집으로 돌아간 빵돌이는 투지를 불태우며 면접 예행 연습을 했다. 그리고 대망의 면접 날, 거의 내정자라던 그 언니는 불우한 사유로 면접에 참석하지 못했고, 빵돌이는 부전승처럼 뉴본 스쿨 입학 자격을 얻게 되었다.

뉴본 스쿨은 우리가 평소 자주 가던 칼국수집 위층에 위치해 있었다. 그러나 거기가 뉴본 스쿨이라는 표식은 어디에도 없었다. 뉴본 스쿨은 오히려, 이미 망해서 사라진 지 오래인 미술학원 간판을 계속 유지하는 중이었다. 빵돌이의 회상에 따르면, 뉴본 스쿨 생활은 정말 어느 정도는 학교 같았단다. 나름의 커리큘럼이

있었고, 교시와 점심시간의 개념이 존재했으며, 일과
가 끝난 뒤에는 재학생들이 모두 힘을 합쳐 교실 청소
도 했다고. 나는 세뇌라는 것이 너무나 무섭다고 느꼈
다. 뉴본 스쿨 선생님은 빵돌이의 부모님과 형제, 친구
들을 싸잡아 '사탄'이라 칭했는데, 정작 빵돌이 본인은
당시 그러한 명칭에서 모욕감을 느끼지 않았다고 했다.
오히려 자꾸만 일정 시간 사라지는 빵돌이를 의심하는
부모님에게 어떤 핑계를 대야 할지 뉴본 스쿨 친구들
과 상의하기도 했다. 나는 이 대목에서 쩍 벌어진 입을
다물 수 없었다. 내가 아는 빵돌이는 순진하지만 똘똘
했고, 친구 중 가장 효녀였다. 애초에 그 아이가 천주교
신자인 이유 또한 어머니의 권유 때문이었다. 그렇게
엄마를 좋아하던 아이가 이제는 어머니를 떨쳐낼 구실
을 궁리하게 된 거였다.

다행히도 2인조의 호시절은 잠깐이었다. 빵돌이는
결국 누구의 도움도 없이 자력으로 뉴본 스쿨을 벗어나
게 되는데, 어이없게도 스마트폰 때문이었다. 뉴본 스

쿨이 집착적으로 간섭하는 건 인간관계뿐만이 아니었다. 뉴본 스쿨 학생들은 모두 '미디어 디톡스'라는 해괴망측한 활동을 강요받았는데, 말 그대로 인생에서 모든 미디어를 독소 뽑아내듯 제거하는 일이었다. 뉴본 스쿨 학생들은 SNS도, 뉴스도, 쇼핑도, 전화도, 메신저도 하지 말란 요구를 받았다. 저녁에 뉴본 스쿨 선생이 보내온 메시지에 답을 보내도, 미디어 디톡스 중인데 어떻게 답을 보내는 것이냐는 질책이 따라왔다. 그는 불시에 학생들에게 전화를 돌리기도 했는데, 용건은 "고객님의 전화기가 꺼져 있어…"라는 통화 연결음을 확인하기 위해서였다. 이 모든 광기가 뉴본 스쿨 안에서는 당연하게 받아들여졌고, 빵돌이는 바로 이 수칙을 견디지 못했다. 그는 어머니를 좋아하는 만큼, 모바일 아이쇼핑도 정말로 좋아했다. 유니크한 쇼핑몰을 찾아 위시리스트와 장바구니를 꾸리는 게 당시 빵돌이의 유일한 취미였다.

그러던 중 빵돌이는 우연히 신천지에서 빠져나온 사람들의 경험담 모음집을 접하게 되었다. 그러고선 엄청난 충격을 받았다. 크고 작은 디테일은 다르지만, 피해자들이 겪은 일들은 지금 자기 자신이 마주한 상황과 똑같았던 것이다. 빵돌이는 문득 어제까지 함께 울고 웃던 이들이 두려워졌고, 자신이 얼마간 속했던 완벽한 세상이 산산이 부서지는 기분을 느꼈다. 빵돌이는 고민 끝에 카카오톡으로 뉴본 스쿨 자퇴 의사를 밝혔다.

　그 이후로는 악몽 그 자체였다. 교실 안에서는 착한 말, 좋은 말만 하던 뉴본 스쿨 사람들이 180도 태도를 바꿔 각다귀마냥 빵돌이를 물고 늘어지기 시작했다. 쉴 새 없이 전화가 빗발쳤고 며칠 내내 받지 않자 빵돌이의 집으로 찾아오기도 했다. 그들이 몰려와 초인종을 눌렀을 때, 빵돌이는 기절 직전의 두려움을 느꼈다. 그러나 입학 신청서에 사는 곳 주소를 써낸 것도 결국 본인이었다. 빵돌이는 복도 인터폰 화면을 켠 채 숨죽였다. 작은 화면을 통해 뉴본 스쿨 교사가 문짝에 귀를 댄 모습이 보였다. 빵돌이가 진짜 없는 것인지, 있으면서 없는 척하는 것인지 의견을 나누는 소리도 들려왔다. 빵돌이는 얼마간 외출을 삼갔다. 그들이 빵돌이를 포기했다는 확신이 들 때까지 바깥나들이를 시도할 수 없었다. 나를 굳이 서울에서 보자고 한 이유도, 언제 어디서 뉴본 스쿨 사람들을 마주칠지 몰라서였다.

　이런 경험담을 직접 들으면, 그냥 웃기거나 당사자

가 한심해 보일 줄 알았다. 오히려 그런 생각은 전혀 들지 않았다. 사이비 포교는 면대면으로 하는 보이스 피싱과 같다. 오랜 기간 조직적으로 스며들어 믿음과 신뢰까지 강탈해 간다는 점에서는 보이스 피싱보다 더 악독하다. 빵돌이는 한동안 자기가 바보라는 소리를 달고 살았고, 뉴본 스쿨 사람들의 천진난만했던 모습을 떠올리며 몸서리쳤다. 나는 어려운 얘기를 들려주어 고맙다는 말과 너무 자책하지 말라는 말밖에 할 수 없었다.

세월이 한참 지난 이제는, 그 얘기를 농담처럼 주고받을 수 있게 되었다. 빵돌이에게 뉴본 스쿨 입학 스토리를 내 에세이에 실어도 되겠느냐 물었을 때, "야, 이왕 쓸 거면 웃기게 써줘"라는 대답이 돌아올 정도였다. 하지만 이런 이야기는 역시 희화화하기 힘들고, 희화화해서도 안 될 것 같다. 세월이 너무 지나 나도 전체적인 골자 외의 디테일들을 잊었지만, 아직도 횡행하는 사이비 전도 피해자를 막기 위해 빵돌이의 이야기 중 가장 인상 깊었던 한 대목을 기록으로 남기고 싶다.

"근데 뉴본 스쿨 안에서 보낸 시간 만큼은 나 진짜 행복했어. 그곳에는 아무런 갈등이 없거든. 포교 때문이겠지만, 몇 사람이 오로지 나 하나를 위한 연극을 하는 거야. 아무도 나를 비난하지 않고 탓하지도 않고 무조건 긍정만을 보내고, 위로와 칭찬만 해줘. 지금 생각해 보면 바로 그것 때문에 뉴본 스쿨에 다닌 것 같기도 해. 살면서 100%의 지지를 받는 기분을 쉽게 느낄 수는 없잖아. 솔직히 난 사람들이 왜 사이비에 빠지는지 알 것 같다는 느낌이 들었어."

우울할 땐 쉬운 책

최근 우울증을 진단받고 힘들어하는 친구에게 오은영 선생님의 책을 선물했다. 작년 한 해 서점가를 휩쓴 베스트셀러 《어떻게 말해줘야 할까》다. 책을 받아 든 친구의 얼굴로 의아함이 번져갔다. 이 책은 육아서이기 때문이다. 초보 부모들에게 아이와 효과적으로 대화 나누는 방법을 가르쳐 준다는 책. 언뜻 보면 무척 쉽고 간단한 말들이 옹기종기 모여 있는 듯하다. 친구에겐 아이가 없고, 본인 또한 아이 시절을 지나온 지 20년쯤 되었으니 그는 내가 아무거나 주었다고 생각했을지도 모른다. 그러나 나는 심사숙고를 거쳐 이 책을 고른 것이었다.

나에게도 우울증으로 힘들던 시절이 있었다. 꽤 오래전이지만, 이미 우울증 자체가 흔해져 우울감을 가진 것 정도는 특별한 경우가 아니라는 분위기였다. 우울하단 이유로 괴로움을 토로하면 나약하고 유난스러운

사람이라는 꼬리표가 붙을 게 뻔했다. 나는 아무에게
도 도움을 청하지 않았다. 심신의 상태가 쇠약해질 대
로 쇠약해졌다는 걸 알고 있기에, 평판을 망칠 것 같은
마음에 적절한 결정을 내리지 못했다. 당시엔 내가 나
를 보는 시선만으로도 충분히 버거운 상태였다. 여기에
남이 나를 보는 시선까지 감당해야 한다면 간신히 유지
중인 일상이 터져버릴지 몰랐다. 그렇게 우울증은 오롯
이 내 인생의 개인 과제가 되어갔다. 나를 우울하게 만
드는 요인은 주변 환경과 사회에 있었지만, 스스로 힘
을 내는 것 외엔 시도할 방법이 없었다. 어쩌면 나 역시
우울증을 도태에 대한 처벌로 여겼는지도 모르겠다.

깊은 무망감이 찾아올 때면 습관처럼 책을 펼쳤다.
판판한 직사각형의 책들은 나를 위로할 수 있는 수단
중엔 가장 투박한 물성을 지닌 존재였지만, 나는 바로
그 단출함이 좋았다. 책은 말이 없었다. 나를 판단하거
나 업신여기지도 않았고 언제든 가진 페이지를 전부 내
어주기만 했다. 본문에 집중하는 동안에는 잠시나마 삶
이라는 풍랑에서 벗어날 수 있었다. 내게 독서란 인간
을 배제하는 방식 중에선 가장 인간적인 위로였다.

그러나 언젠가부터는 책도 읽히지 않았다. 쉬운 책

이든 어려운 책이든, 모든 글씨가 흐릿한 그림처럼 뭉개졌고 평생 써온 한글이 해독할 수 없는 암호로만 보였다. 읽기에서 촉발된 타격은 쓰기와 말하기에도 영향을 미쳤다. 문장의 주술 관계가 무너지거나 말에 두서가 없어지는 것도 문제였지만, 스스로가 조금 전에 뱉고 쓴 말과 글도 기억할 수 없다는 게 가장 치명적이었다. 주변 사람들의 증언과 내 기억 사이의 괴리가 커지기 시작했다. 기억해 내야만 한다는 강박과, 그래도 기억할 수 없다는 현상이 뒤엉켰다.

당시엔 내가 정말 미친 것인지 미친 끝에 멍청해진 것인지 판단할 수도 없었다. 나중에서야 우울증 환자들에겐 내가 겪은 것과 같은 언어 기능 저하가 무척이나 흔한 증상이라는 걸 알게 되었다. 그때 나는 내 안에 가득했던 어휘를 많이 잃었고, 아직도 전부 복구하지 못했다.

그래도 당시의 경험에서 소중한 교훈을 얻었다. 우울증 환자에게 너무 어려운 책이나 공부를 추천하는 행동이, 그를 더 슬프게 만들 수도 있다는 거였다. 애초에 그들은 지식이 부족해서 슬픈 사람들이 아니었다. 정신 건강이 위태로운 순간엔 생산성에의 욕구가 오히려 독이 되기도 했다. 문득 우울증이란 어쩌면, 어른의 중압감을 짊어진 채 어린 시절로 돌아가는 현상일지도 모르겠다는 생각이 들었다. 그렇다면 우울증자에게 필요한 언어도 어린 시절에 들었거나 듣지 못했던 그 말들이 아닐까.

인간은 자기 자신인 동시에 평생 스스로를 키워내는 부모이기도 하다. 누구나 부분적으로는 유아이고, 아동이고, 청소년이자 성년이다. 내 우울증이 차도를 보인 시점도 주민등록상의 나이가 가져오는 강박을 거부하면서부터였다. 서른 살쯤 응당 쟁취했어야 하는 것들의 목록을 버리고 내 자아가 최초의 훼손을 겪은 시점으로 돌아가려 애썼다. 신기하게도, 나를 만든 삶의 보석과 쓰레기들이 대부분 유년 시절에 있었다. 진짜 부모님께 책임을 묻기엔 너무 늦었지만, 이제라도 먼지와 때를 털어주기엔 늦지 않은 기억들이었다.

여러 번 말하면 더 효과적일 것 같거든요. 그런데 아니에요. 여러 번 반복하는 말은 아이의 귀에 중요한 말로 인식되지 않습니다. 그저 일상 소음으로만 들려요.

문제를 일으키지 않는 삶은 죽은 삶이에요. 살아 있어서 그래요. 살아 있기 때문이에요.

마음은 자유로울 수 있습니다. 생각도 자유로울 수 있습니다. 중요한 것은 마지막 결정이에요. 욕구를 잘 조절해서 현실에 맞게 상식적으로 마지막 행동을 했다면 그것으로 된 거예요.

매일 일어나는 문제 행동보다 어제보다 아주 조금이라도 나아진 오늘의 행동을 찾아봐 주세요. 그리고 칭찬해 주세요. 혼내는 것보다 효과가 좋습니다. 그렇게 하면 내 마음도 훨씬 좋습니다.

—오은영, 《어떻게 말해줘야 할까》, 김영사

　게다가 육아서는 생각보다 유치하지 않다. 간결한 어휘와 따뜻한 분위기를 채택할 뿐, 웬만한 철학책만큼이나 되새겨 볼 지점이 많다. 나는 지금도 우울감이나 자괴감이 느껴질 때마다 육아서를 펼쳐보곤 하는데, 최소한의 인지적 자원으로 인간 본성에 대한 전문가의 통찰을 얻을 수 있기 때문이다. 때로는 인간에 대한 이해가 관계에 대한 이해로 자연스럽게 확장되기도 한다.

내 주변의 온갖 성인들 또한 나와 같다는 것을 생각하면, 미움과 증오가 단번에 애처로움으로 변하는 순간이 생기기 때문이다.

책을 선물받은 친구에게서 '최근 마찰이 잦은 애인에게도 읽어보라 권했다, 다 아는 말인데 새삼 눈물이 날 것 같은 구절이 많았다, 고맙다'는 메시지가 도착했다. 나 역시 멋쩍은 답장을 적으며 생각했다. 우리가 오래오래 이런 식의 위로를 주고받으며 늙어갈 수 있기를 바란다고.

불통으로 통하는 마음

유독 힘든 하루를 보내고 돌아온 날에는 반려 고양이 맷돌이에게서 큰 위로를 받는다. 이것은 고양이가 귀엽다거나 안으면 따뜻하다거나 하는 수준의 단순한 감정이 아니다. 누군가의 고양이는 사람이 울 때마다 까슬한 혀로 뺨을 핥아주기도 하고, 평소의 새침한 태도를 버리고 애교를 부리기도 한다지만 우리 애는 그렇게 눈치 빠른 스타일이 아니었다. 맷돌이는 오히려 무자비할 정도로 눈치가 없었다. 내가 힘들든 말든 그 애의 관심사는 맛있는 밥과 간식, 깨끗한 화장실, 몸을 지질 수 있는 따뜻한 바닥 정도였다. 그런데 이상하게도 요즘 나는 고양이와의 어찌할 수 없는 불통에서 안정감을 느꼈다. 그 빈도와 횟수가 사람과의 소통이 주는 그것을 넘어선 지 오래였다. 눈치 없는 우리 고양이에게는 나에 대한 가치 판단도 없었다. 내가 누구든 밥과 물과 잘

곳을 준다면 그 애에게 나는 유일한 존재였다.

한때는 우리 고양이가 말을 할 수 있다면 얼마나 좋을까 싶기도 했다. 하다못해 메신저를 쓸 수만 있대도 나는 200만 원이 넘는 최신형 아이폰을 당장 사다 바칠 의향이 있었다. 아이폰이 다 무엇인가. 내 고양이가 내게 전하는 메시지를 알아들을 수만 있으면 수천만 원이라도 기꺼이 지불하고 남을 것이었다. 그런데 어느 날은 문득 의문이 들었다. 고양이와의 대화가 축복이기만 할까?

대화란 기본적으로 서로의 목적을 주고받는 행위이다. 한없이 무해해 보이는 "사랑해"라는 말에도 내가 너를 사랑하고 있음을 알아달라는 의도가 담기기 마련이다. 심층적으로는 '그러니까 너도 나를 사랑해'달라는 말일지 모른다. "미안해", "고마워"도 비슷했다. 실제로 나의 "미안해"는 때로 '너무 미안하니까 더 이상 미안해하지 않아도 된다고 해줘'고, "고마워"는 '고맙지만 이걸 어떻게 갚을까 생각하면 심란하기도 해'라는 뜻이었다.

심리 상담이나 인간관계론에서는 현재의 마음을 상대에게 정확히 전해야 한다고 조언한다. 그러나 나는 언젠가부터 진심이 능사라고는 생각하지 않게 되었다.
때로는 상대방이 건네는 묵직한 진심들이 정말로 무거
워서 끔찍할 때도 있었다. 그 무게감에 몇 번 허덕여본
후에는 자연스럽게 내 진심을 감추는 법도 터득했다.
나이가 들수록 농담만 늘어가는 이유도, 주변인들에게
나라는 무거움을 선사하고 싶지 않아서였다.

　의외로 누군가와 잘 지내는 데에 꼭 진심이 필요하지
도 않았다. 인간관계를 지탱하는 요소는 그보다 단순하
고 명료했다. 관계와 상황에 맞는 예의, 약간의 미소 정
도면 누구와도 충분했다. 이것은 거짓이라기보다 또 다
른 차원의 진심이었다. 단지 나에겐 상대에게 진심을 내
보이고 싶지 않다는 의사가 최상위의 진심이라 그렇다.

　진심이 반드시 진실한 것도 아니었다. 누군가 내게
진심으로 화를 낸다고 내가 진실로 부족한 사람이 되는
것도, 누군가 내게 진심으로 사랑을 느낀다고 내가 진
실로 사랑스러운 사람인 것도 아니었다. 나는 언제나
많이 모자라고 가끔 넘치는 사람이었지만, 나를 둘러싼

진심들은 여러 가지 우연과 필연을 거치며 시시각각 바뀌었다. 나는 삶을 다채롭게 만들어 주는 역동에 감사하면서도 알게 모르게 안정감과 피로감에 젖어갔다. 언뜻 보면 정반대의 감정으로 보여도 살다 보면 두 가지가 비슷할 때도 많았다.

그럴 때마다 집에서 고양이의 느릿한 삶을 감상했다. 먹고 자고 싸고 핥고 긁는 게 전부인 맷돌이의 일상에 내 지분은 별로 없는 것 같았다. 나는 맷돌이가 나를 무엇으로 인식하는지도 잘 몰랐다. 엄마나 친구, 형제처럼 감격스러운 역할이라면 좋겠지만 움직이는 밥통이나 동네 머저리 정도의 서운한 위치일 가능성도 높았다. 내가 '입양'이라 부르는 우리의 만남을 맷돌이는 '납치'로 여길 수도 있는 일이었다. 그러나 물어볼 수단이 없으니 고양이의 마음을 영원히 미스터리로 남겨둔 채 노력을 다할 뿐이었다.

만약 우리가 대화를 나눌 수 있다면 서로에 대한 기대와 실망과 애정과 미움이 매일 자동으로 교환될 것이었다. 그게 가능해진 후에도 맷돌이를 고양이라 부를 수 있을까? 그 정도면 유독 털이 많고 조그만 인간이라 보아야 하지 않을까? 그리고 그건 꽤 징그럽지 않은지……. 게다가 맷돌이에게까지 나라는 존재에 대한 피드백이 들어온다면, 집 또한 정서적 성장 미션을 처리해야 하는 수련원이 될 게 뻔했다. 나는 집을 마음 놓고 퇴화하기 위한 안전지대로 정의하기 때문에, 그것은 더더욱 안 될 말이었다.

내가 이런저런 상상을 하며 울고 웃는 와중에 맷돌이는 변기 커버 위를 걷다 비데 노즐이 움직이는 소리에 놀라 미끄러지는 중이다. 애가 거의 기겁을 한다. 맷돌이는 아주 작은 자극에도 가느다란 꼬리를 너구리처럼 부풀리는 겁쟁이다. 약간 우스꽝스러울 정도로 겁이 많은 맷돌이를 보고 있자면 말은 통하지 않아도 우리가 참 닮아 있음을 느낀다. 역시 고양이와는 말 한 마디 없이도 충분히 이런 마음을 느낄 수 있다.

3인칭 유튜브 시점

"내 인생을 망치러 온 나의 구원자"라는 명대사를 접했을 때, 나는 생뚱맞게도 스마트폰을 떠올렸다. 내 인생에서 스마트폰만큼 나를 망치고 구원한 것도 없기 때문이다. 나는 한순간도 스마트폰 중독에서 벗어나 본 적이 없었고, 이제 와 떨쳐내는 식으로 스마트폰을 이기고 싶지도 않았다. 다만 중독에서 벗어나는 방법이 있다면 또 다른 중독으로의 이동일 테니, 이것 역시 도피일 뿐이라고 생각하고 있었다.

요새는 코로나 확산세가 두려워 어디에도 나갈 수 없었다. 집에 있는 시간이 길어지자 스마트폰 사용에 따르는 죄책감과 허망함도 커졌다. 나는 마침내 한계를 느끼고 덜컥 유튜브 채널을 개설했다. 주야장천 스마트폰을 손에 쥐고 뭔가를 '보는 사람'에서, 뭐라도 '보여주는 사람'으로 나아가기 위함이었다.

첫 영상을 게시하면서 사실 큰 기대는 없었다. 내가 봐도 내 영상은 별로였기 때문이다. 요즘 유튜브는 어쭙잖게 시도해서 될 일이 아니니까, 내 비루한 브이로그는 알고리즘 전쟁에 참전도 못 하고 저 아래 묻힐 것이 뻔했다. 쯧쯧, 나는 참 센스도 기술도 아이템도 없군. 진심으로 그렇게 생각했다. 그런데 이상한 일이 일어났다. 나도 모르는 사이 내가 그 못난이 영상을 보고 보고 또 보고 있는 것이었다. 나중에는 대사와 의성어까지 달달 외울 지경이 됐는데도 영 질리지 않았다.

여태까지의 나는 누군가 유튜버 활동을 권유해 올 때마다 "그걸 왜 해? 일반인 사는 모습을 누가 보겠어?"라고 되물으며 제안을 일축해 왔다. '누가'에 나 자신도 속한다는 생각은 해본 적이 없었다. 그런데 내 눈도 눈이었다. 내 세상에서는 나야말로 가장 충성스러운 구독자였다. 나는 지인들에게 글쓰기 취미를 추천하며 "당신이 당신의 제1의 독자니까 아무도 읽어주지 않는다고 해도 쓸 가치가 있어요"라고 덧붙이곤 했는데, 그 개념을 다른 분야의 활동으로 확장할 수 있다고는 생각지도 못했다. 내 유튜브를 보기 전까지는.

화면 속에서 웃고 먹고 움직이는 나는 아주 낯익으

면서도 낯설었다. 일단 거울로 비춰보는 것보다 20%는 더 통통해 보였다. 게다가 말을 시작하기 전 반드시 "네에, 쩝!" 하는 의문의 추임새를 넣는 버릇이 있었다. 머리카락을 몹시 자주 만졌고, 방심하는 순간 온몸의 축이 오른쪽으로 내려앉기 일쑤였으며, 눈을 정말 많이 깜빡거렸다. 모두 사소한 몸짓과 말투였지만, 30년 동안 스스로는 전혀 알 기회가 없던 습관이었다.

✦

유튜브를 시작하면 구독자나 좋아요, 댓글 수에 너무 많은 신경을 쏟을 것 같았다. 하지만 막상 스타트를 끊고 나니 나는 채널의 흥행보다 내가 살아 숨 쉬며 일상을 영위하는 모습에 집중하고 있었다. 30년 동안 나에 대해서만큼은 누구보다 잘 안다고 자신했는데, 편집하며 찍은 영상들을 돌려 볼수록 의외의 발견이 생겨났다. 대부분 아름답지 못한 특징이나 습관이라 민망했지만, 한편으로는 이상하게 마음이 들떴다.

'코딱지 하우스'라는 멸칭으로 불리던 원룸도 촬영 스튜디오가 되면서부터 새로운 공간으로 느껴졌다. 나는 영상을 찍기 위해 전보다 자주 집을 정돈하고 몸을 씻었는데, 그런 내가 작위적이기보다는 기특하고 뿌듯하게 느껴졌다. 어찌 됐든 내 일상은 깨끗해지고 밝아졌다. 환경이 개선되니 내가 코로나 장기화에 많이 지쳤었다는, 당연하지만 외면해 왔던 사실을 두려움 없이 인정할 수 있었다. 많은 사람이 보지 않아도 좋았다. 누구나 볼 수 있는 곳에 나를 한 조각 내어놓는 것만으로도 세상과의 단절감이 놀랍도록 희석되었으니까.

소설에서는 서술 시점에 따라 인물을 조명하는 방식이 완전히 달라진다. 삶을 이에 비유한다면, 누구에게나 자신의 삶은 1인칭이다. 그렇다면 유튜브 속의 내 모습은 어떨까? 3인칭 시점에서 나를 재해석한 결과다. 내 조그만 유튜브는 금전적 이득이나 막대한 인기와는 거리가 멀었지만, 낡고 지친 현실에 새로운 관점을 부여한다는 점에서는 무엇보다 유익한 콘텐츠였다.

이제 나는 글쓰기에 더해 유튜브라는 기록 방식을 추천하고 다닌다. 모두가 솔깃해하는 것은 아니다. "한다고 누가 보긴 하겠어?" 예전의 나처럼 심드렁한 사람들이 훨씬 많다. 나는 강요하지 않는 선에서 덧붙인다. 영화 〈아가씨〉처럼 환상적이고 강렬한 서사가 아니어도,

주인공이 배우 같은 멋쟁이가 아니더라도 상관없다고.
누구나 자신만의 단편 영화를 찍고 조그만 화면으로나
마 시사회를 열 수 있는 세상이라고. 보이는 삶이 전부
는 아니지만, 보려고 해야 보이는 삶의 일면도 있다고,
당신은 아마 당신 삶의 가장 열렬한 독자이자 구독자일
거라고 말이다.

동물농장에서의 혼술

갓 스무 살 꼬마 숙녀 시절에는 이상한 내숭을 부리고 다녔다. "난 사람들하고 함께 자리하는 게 즐거워서 술을 마시는 거지, 술을 좋아해서 마시는 건 아냐." 물론 뻥이다. 아무도 믿어 주지 않아서였는지 나는 곧 훌륭한 알콜 의존자가 되었다. 타고난 주량이 센 편은 아니었다. 그러나 오래도록 부단히 연습하고 반복해 온 결과, 악으로 깡으로 이겨냈고 그것을 술에 대한 통제력으로 착각하며 살았다.

나는 곧 모든 술자리에 능한 사람이 되었다. 친구, 가족, 직장 동료, 애인 그리고 다시 그들의 친구, 가족, 직장 동료……. 정말 아무나 만나 다 마시고 다녔는데, 거의 매번 필름이 끊겼으므로 다음 날 저녁이면 누구와도 마시지 않은 상태로 돌아왔다. 하루가 통째로 사라지는 일이 반복되다 보니 나중에는 일주일 단위의 기억이 불분명해졌다. 몽롱한 대낮과 축제의 밤 사이, 잠시 정신이 명료해질 때면 '지나친 쾌락 추구는 결국 자해'라는 말이 떠올랐다. 그 말이 너무 옳아 슬프다는 이유로 다시 술에 손을 대는 악순환이 이어졌다.

나이가 들고 SNS 친구 목록이 뚱뚱해질수록 일상은 말라비틀어졌다. 몸통의 과체중, 영혼의 저체중. 생활에 많은 문제가 있었으나 왜인지 나는 제대로 된 상대를 찾지 못하고 계속 술하고만 싸워댔다. 나는 알코올계의 대장군이었고 최종 진격지는 '혼술'이었다.

술은 늘 나를 더 용감하게, 유머러스하게, 즐겁게 만들어 주었다. 한…… 2병까지는. 신기하게도 2병을 넘어서면 나는 나의 적군이 되었다. 나 자신에게 망신을 주거나 넘어지거나, 조그만 규모의 자연재해처럼 날뛰었다. 그럴 때의 나는 입으로 칼춤을 추는 사람 같았다. 다음 날 깨어나 어제를 복기할 때면 칼춤을 추다 칼 위로 자빠진 사람이 되기도 했다.

혼술은 그런 면에서 적절했다. 곁에 사람이 없으니 사람에게 실수할 수도 없었다. 가끔 스마트폰으로 시공간을 초월한 비대면 실수를 벌이기도 했으나 그 무엇도 대면 실수에 비할 것은 아니었다. 10년 전에는 혼자 마시지 않기 위해 친구들을 불러 모았다면, 이제는 혼자 마시기 위해 일부러 사람들을 거절하고 있었다.

혼술의 끝도 대개는 우울이었다. 당연한 결말이었다. 혼자 마시는 것으로 행복에 다다를 수 있다면 세상 모든 의사가 치료법으로 오로지 혼술만을 권할 것이었다. 그러나 언젠가부터는 혼술 끝의 우울조차 일종의 콘텐츠가 되어갔다. 상태가 점점 나빠지는 나의 내면에, 나를 구경하는 내가 있었다. 질주하는 나를 절대 멈춰주지 않으면서, 내가 어디까지 추락하나 깊이를 재는 나였다. 망가지고 싶은 내가 진짜 나인지, 망가진 나를 비웃고자 하는 내가 진짜 나인지 분간이 가지 않았다. 그러나 이 행동조차도 일종의 방어기제였던 것 같다. 나는 나를 두 개로 나누어 가해자와 피해자의 입장을 부여하고, 둘 중 하나만을 '진짜'로 상정하며 취사선택 놀이를 즐겼다.

그렇게 살던 날 현실로 메다꽂은 존재는 뜬금없게도 인터넷에서 우연히 본《탈무드》였다. '술의 기원'이라는 파트에서 허락도 없이 쓰인 내 얘기를 적발(?)한 것이었다.

'……포도주를 처음 마시면 양처럼 순해진다. 더 마시면 사자처럼 광폭해지고, 더 마시면 돼지처럼 더러워진다. 도를 넘으면 원숭이처럼 춤추고 노래하게 되는데, 포도주는 악마의 선물이기 때문이다.'

나는 홧홧한 수치심을 느꼈다. 양으로 시작해 원숭이로 끝나는 자동화 코스를 매일 반복하고 있기 때문이었다. 내 속에 내가 너무도 많아 나이기도 하고, 양이기도 하고, 사자, 돼지, 원숭이도 된다면 아무리 혼자 마셔봤자 혼자가 아닌 셈이지 않은가? 내가 맨날 사람의 몸으로 동물농장 파티를 벌이고 있다면……. '혼술'이란 명명 또한 일종의 오류가 아닐지……?

해당 의문에 답을 찾지 못한 나는 머쓱해져 혼술을 멈추었다. 가끔 마시긴 하지만, 혼자 술 마시며 해대는 온갖 상념들이 '메에에, 어흥, 꿀꿀, 우끼끼!' 정도로 느껴져 지속할 수가 없다. 웃고 싶은 거지, 우스꽝스러워지고 싶은 것은 아니기 때문이다. 그러니 알코올이 없는 다른 액체로 건조한 밤을 적셔야 할 테다.

용감한 형사들과
용감하지 않은 시청자

나는 의외로 영상 콘텐츠를 즐기지 않는다. 뉴스, 브이
로그, 드라마, 영화, 예능 프로그램 전부 마찬가지다.
그것들은 속도를 조절할 수 없어 답답하다. 조각 정보
를 위해 전체 클립을 다 거쳐야 한다는 점이 성가시다.
게다가 글이나 만화는 빨리 읽어도 톤이 훼손되지 않지
만, 영상은 빨리 감아 놓으면 대사나 음악이 파리 소리
처럼 우스워지고 말았다.

그런데 이런 나를 온통 사로잡은 TV 프로그램이 있
었다. E채널에서 2022년 4월부터 방영 중인 〈용감한
형사들〉이란 범죄 예능이었다. 〈꼬리에 꼬리를 무는 이
야기〉의 흥행 이후 프로파일러나 범죄심리학 교수, 연
예인 패널들이 둘러 앉아 강력 사건 이야기를 나누는
예능 포맷이 흔해진 참이었다. 그러나 〈용감한 형사들〉
에는 매회 다른 곳에서는 보기 힘든 게스트들이 등장했

다. 제목에서 유추 가능하듯, 실제로 강력 사건을 해결한 형사들이 스튜디오로 출동해 사건 진행 과정을 생생하게 읊어주고 있었다.

처음에는 이 프로를 일종의 직업 예능이라 여기며 시청하기 시작했다. 내가 어디 가서 형사 일하는 모습을 가까이서 보겠나? 내가 어디에서도 형사 일하는 모습을 볼 일이 없어야 잘 사는 것 아니겠나 싶은 마음이었다. 그런데…… 보면 볼수록 형사들보단 범죄자의 면면이 눈에 들어왔다.

우리나라 국민이라면 누구나 〈그것이 알고 싶다〉 팀이 범죄자를 쫓다 푸대접받는 장면들을 본 적이 있을 것이다. 용의자들은 뒤가 구린 사람답게 방송국 PD들을 질색했고, 대부분 비슷한 말과 행동을 반복하며 카메라를 물렸다. 나는 흉악범들이 평생 고장 난 로봇처럼 "가라고요." "할 말 없다고." "찾아오지 마세요, XX." "죄가 있으면 받는다고, 엉?" 이 네 마디만 번갈아 쓰며 살아가는 무뢰배들인 줄 알았다.

TV 프로그램 속에서도 범인들의 인간관계는 한없이 건조하게만 비쳐졌다. 'A씨의 내연남', 'B씨의 전처', 'C씨의 조력자', 'D씨의 계부'라는 식이었다. 이름이

나온다고 한들 가명이기에 더 현실감이 없는 건지도 몰랐다. 그러나 방송사가 건조하게 서술해도 그들 사이의 관계는 꽤나 질척하고 복잡할 때가 많았다.

내가 범죄 재구성 프로그램을 보며 가장 의아했던 점은, 대체 저런 사람들은 빚이 2억이고 5억일진대 그 와중에 내연녀나 내연남을 2, 3명씩 어떻게 만나고 다니나 하는 것이었다. 빚이 숨통을 조여오는 와중에, 배우자와 자식도 건사하면서 어떻게 애인들까지 주렁주렁 달고 다닐 수 있는지 궁금했다. 하지만 그런 점은 어디에도 나와 있지 않았다.

퇴근 이후나 주말 동안에 나는 해야 할 일도 잊고 〈용감한 형사들〉에 몰두하기 시작했다. 물론 〈용감한 형사들〉만 보는 것은 아니었다. 의문스러운 사건이 있으면 해당 사건을 심층 취재한 타 방송사의 프로그램까지 찾아보며 사건 자체에 빠져들었다. 실제 피해자가 있는 사건에 흥미 본위로 접근하는 것은 절대로 아니었다. 그렇지만 보고 있으면 어쩐지 시청을 멈출 수 없다는 느낌이 들었고, 이미 밤이 깊어 무서워 죽겠음에도 잠드는 순간까지 유튜브 재생 목록을 놓지 못했다.

전에도 쓴 적이 있지만, 본래 나는 겁쟁이다. 겁이 너무 많아서 두려움을 쫓는 요령으로 상상력을 갖다 쓰다 능력이 발달한 유형이었다. 그러나 상상력이란 양날의 검과 같았다. 내 편일 땐 지루할 때마다 언제고 머릿속에 서커스를 열어주었지만, 주파수가 조금이라도 어긋난 순간엔 머릿속 영상들을 온갖 스릴러로 바꿔버렸다. 겁쟁이란 결국 자기 머릿속에 틀어져 있는 TV의 리모콘을 가지지 못한 사람이었다.

나는 어느 순간부터 겁쟁이다운 주객전도를 겪었다. 온종일 보고 들은 온갖 흉악 범죄 이야기가 너무 무서워서 2주일 동안 꼬박 잠을 설칠 지경이었다. 자고 일어나면 보일러가 따뜻한 방 안에 있는데도 전신의 살갗이 추웠다. 악몽에 시달리다 식은땀에 절어 깨어나 보면 땀마르는 감각이 한겨울의 에어컨처럼 느껴졌다. 잠시 꿈과 현실의 경계가 모호했는데 그 몇 분이 항상 너무 끔찍했다. 꿈속에서 나는 익명의 범인에게 죽임을 당하기도 했고, 전혀 모르는 피해자의 가족이 되어 그의 장례를 치르기도 했고, 〈용감한 형사들〉에 출연하기도 했으며, 만화 〈명탐정 코난〉 속 어린이 탐정단이 되기도 했다. 반은 개꿈인데도 깨어나면 망연자실하고 무서웠다.

어떤 날엔 월요일이 밝자마자 회사로 달음박질쳤다. 내게 출근이란 미션이 주어짐에 감사한 것은 그때가 처음이었다. 집에서 고양이를 끌어안고 달달 떨다 마침내 안전하고 익숙한 사람들 속에 폭 숨으니 긴장이 훅 풀렸다. 그러나 문제는 퇴근길이었다. 이상하게 모자를 눌러 쓴 사람이나, 머리부터 발끝까지 검게만 두른 사람이나, 인상이 유독 험악하고 껄렁한 사람, 방어적인 태도로 캐리어를 옮기는 사람을 보면 머리털이 쭈뼛 솟았다. 어느새 내게는 동네 사람 전부가 이상해 보이기 시작했다. 나는 비로소 직장 동료들 말대로 〈용감한 형사들〉을 끊어야 할 때가 왔음을 직감했다.

요즘에는 범죄 수사 키워드의 프로그램 보는 것을 멈추고, 피폐해진 정서 되돌리기의 일환으로 걸그룹 뮤직비디오와 고양이 영상을 시청 중이다. 유튜브 알고리즘이 매번 절묘한 시기에 〈용감한 형사들〉 새 에피소드를 내밀지만, 아직 쇠약해진 마음을 복구하지 못했으므로 시청하지 못한다. 나중에 빨리 몰아서 볼 때가 오길 바라며 어리석은 기록을 마친다.

210

매너 없는 극장 매너

2019년부터는 연극이나 영화 관람을 거의 끊다시피 했다. 코로나19 때문만은 아니었다. 당시 대한민국은 〈겨울왕국 2〉 열풍에 휩싸여 있었는데, 애어른 할 것 없이 즐기는 작품이다 보니 '어른'과 '아이' 사이 충돌이 생겨버렸다. 일부 성인들이 〈겨울왕국 2〉를 조용히 관람하고 싶으니 시끄러운 어린이들을 분리해 달라고 주장한 것이다. 당시 나는 20대 후반이었지만, 노 키즈존 갑론을박이 과열되는 현상을 보며 함께 위기감을 느꼈다. 관람 예술의 세계에도 계급이 존재한다는 사실을 새삼 실감했기 때문이었다.

계급도는 간단한 만큼 잔인했다. 교양 있는 비장애 성인만을 최상위로 두고, 나머지를 최하위로 상정하고 있었다. 이 층위는 결국 '관람 자격'을 가른다. 자격이 있다면 얼마든지 예술을 누려도 좋지만, 없으면 이곳에 나타나지도 말아달라는 부탁 같기 때문이다.

ADHD를 가진 나 역시 극장이 끊임없이 눈총을 쏘아대는 관객 중 하나였다. 따지자면 나의 천성은 어린이 쪽에 가까웠다. 뭘 하든 꼼지락거리고, 소곤거리고, 크게 웃는 식으로 활동해야 편했다. 〈Into the Unknown〉처럼 멋진 노래가 나온다면? 당연히 따라 부르고 싶어질 것이었다. 그래서 〈겨울왕국 2〉로 인해 어린이들이 구박받는 현상이 남 일 같지는 않았다. 그러나 아무리 공감한들, 나도 마이크가 없는 소수자일 뿐이었다. 우리나라에서는 ADHD라는 흔한 약자성 하나만 지녀도 어디서든 암묵적인 계급을 실감할 수 있었다. 나는 늘 포함보다는 배제되는 편에 속하는 편이었고, 언젠가부터는 그게 익숙하여 일일이 서러워하기도 지쳐버린 상태였다. 냉대와 차별조차 산소처럼 만연해지면 늘상 쉬는 숨으로 섞여들기 마련이었다.

한때는 내가 연극이나 영화 자체를 싫어한다고 믿기도 했다. 지인들이 대학로나 영화관에 오길 권할 때마다 함께하기가 망설여지고, 되도록 다른 활동으로 유도하고 싶었다. 그러다 한번은 "왜 관람을 싫어하냐"는 원론적인 질문을 받게 되었는데, 그제서야 말줄임표가 득한 의문점을 인식할 수 있었다. 새삼 '맞네……? 내가 그 재미있는 연극이나 영화를 왜 싫어하게 되었을까……?' 싶었다.

곰곰이 따져보니 실은 2시간 남짓의 투명한 결박이 불편한 것이었다. 일례로 나에겐 극의 줄거리보다 먼저 소요 시간을 파악하고 보는 습관이 있었다. 다 보는데 걸리는 시간이 90분 미만이면, 그건 일단 좋은 콘텐츠였다. 온 힘을 다해 버티면 버텨지는 범위이기 때문이었다. 그러나 120분을 넘어가면 재미가 보장된 대형극이라도 큰 부담이 되었다. 오랫동안 입 다물고, 그저 가만히 있어야 한다는 사실이 일종의 감금처럼 느껴졌다.

관람이 시작된 후에도 재차 시간을 확인해야 마음이 편했다. 틈 날 때마다 냉큼 손목시계를 비틀어 숫자를 읽어내는 나는 억지로 끌려온 사람처럼 보였을 것이다. '얼마나 더 참아야 할지' 가늠하길 잊을 정도로 재미있는 극은 없었다. 그건 애초에 재미와 상관없는 문제였다. 나에게 심한 ADHD가 있다는 말은 내가 아무리 용을 써도 성인다운 몰입을 발휘하기 어렵다는 뜻이었다. 몰입과 인내가 내게만은 동의어라는 뜻이었고, '정상인'들끼리 합의한 정적 상태가 왜인지 내 몸을 간지럽히는 것 같다는 뜻이기도 했다.

극장 내 객석의 고요에서 추출되는 메시지는 단 하나였다. '계속하여 이 상태를 유지하라.' 가끔은 여기서 답답함을 느끼는 게 나뿐이라는 사실을 믿을 수 없었다.

그렇다고 대단히 부도덕한 욕구를 느끼는 것도 아니었다. 주로 기지개를 켜고 싶다, 다리를 흔들고 싶다, 일행에게 관람 중간에 감상을 건네고 싶다, (남들은 전혀 웃지 않는 대목에서) 박장대소를 하고 싶다, 화장실에 가고 싶다……는 식의, 사소하다면 사소한 모션들이 전부였다. 하지만 하고 싶은 동작들을 다 했다간 다른 관객의 SNS에서 '관크(관객 크리티컬)'라는 욕을 집어먹을 게 뻔했다. 박제되어 봤자 익명이겠지만, 내 모습이 멸시와 조롱을 뒤집어쓴 채 웹상을 떠도는 건 무서운 일이었다. 연극 시간 내내 끙끙거리다 보면, 어느 순간 무대가 아득해지면서 내가 극을 즐기러 온 주체인지, 객석에 보관된 짐짝인지 헷갈리는 기분이 들었다.

어쩌면 나는 차별과 냉대에 익숙해졌다기보다, 익숙해졌다는 확신을 갖고 싶었던 것일지도 모르겠다. 매번 정체 모를 갑갑함에 압도되면서도, 나의 부자유스러운 감각들이 어디에서 기인하는지, 이런 느낌이 정당한지 부당한지 궁리한 적조차 없었다. 극장에서의 나는 언제나 전전긍긍하기 바빴다. 내가 혹시나 열연 중인 배우에게, 다른 관객에게 민폐를 끼칠까 봐 걱정하다 보면 안 그래도 부족한 주의집중력이 실제로 주의하느라 숭숭 빠져나갔다. 그러다 보면 자연히 작품 속 대다수의 디테일을 놓치게 되었다. 커튼콜 즈음의 나는 항상 남들보다 덜 이해했음에도 더 지쳐 있기 일쑤였다. 그래서 드디어 밖으로 나가 지인들과 관람 소감을 나누는 자리에서는 꼭 이런 질문을 받았다.

"넌 대체 뭘 본 거야? 우리 지금 같은 연극 얘기 하는 거 맞지?"

하지만 이럴 때 내가 느끼는 곤란함을 구구절절 늘어놓는 것은 바람직하지 않았다. 높은 확률로, '절이 싫으면 중이 떠날 수밖에 없다'는 충고가 따라붙기 때문이었다. 그러나 진짜로 극장을 등지면 연극이나 영화는 내 발이 닿지 못하는 무수한 '절' 중 하나가 될 것이고, 그건 왠지 슬픈 패배나 포기처럼 느껴졌다. 하지만 관람이라는 취미를 유지하자고 극장을 계속 감내하는 것도 버거웠다.

영화관에서 압박감 없이 포근한 관람을 해본 경험이 있다. 서울 모처의 CGV '템퍼 시네마'에서였다. 일명 '침대 상영관'이라 불리는 이곳에서는 모든 관객이 고급 침대에 누워 담요를 덮은 채 아늑하게 영화를 관람할 수 있었다. 입장 전에는 오히려 심드렁했다. '당연히 의자보단 침대가 편하겠지' 싶은 마음이었다. 그런데 막상 영화가 시작되니 단순히 등허리가 안 아픈 정도가 아니었다. '눕는다'는 행위가 허용됨으로써 관객 1인이 유용하는 공간 자체가 몇 배로 넓어졌고, 그래서 얼마간 꼼지락거리거나 부스럭거리는 소음을 내어도 티가 나지 않았다. 약간이라면 소근거리는 행동까지도 가능했다.

그러나 템퍼 시네마는 지속적인 대안이 되지 못했다. 일단 상영관 수가 너무 적고, 그마저도 서울이나 부산 같은 대도시에만 마련되어 있으며, 티켓 값이 1인 당 4만 원이 넘기 때문이었다. 그래도 지속가능한 극장 경험을 위한 힌트를 얻을 수 있었다. '가만히 앉아서, 아무 말 말고, 움직이지도 말라'는 금기가 깨지자 이만큼이나 자유로워졌으니, 객석에 변화를 주어 얼마든지 다른 편함을 꾀할 수도 있겠다는 생각이었다.

꼭 템퍼 침대만큼 고급스러운 좌석이 아니어도 좋았다. 어디에 몸을 기대느냐 보다는, 물리적 경직도를 완화하려는 시도가 중요했다. 일체형으로 다닥다닥 붙어 관객 모두가 서로의 움직임을 느낄 수 있는 좌석이 빈백이나 소파 정도로만 바뀌어도 되지 않을까. 그렇다면 공간 대비 수용 인원은 줄겠지만, 수용 계층은 전보다 훨씬 넓어질 것이었다.

공간을 탈바꿈하기 어렵다면 관람 규칙이나 콘텐츠의 구성을 뒤집어 볼 수도 있다. 앞서 말한 〈겨울왕국2〉을 예로 들자면, 아예 다 같이 노래를 부르기로 합의하고 시작하는 관람을 마련하는 것이다. 한 명이 흥얼대면 '관크'겠지만 모두가 함께 부르면 미니 콘서트의 떼창 같지 않겠는가. 무작정 눈살을 찌푸리기엔 아직 해본 적 없는 시도이지 않은가. 영화관에서도 많은 시도가 가능하겠지만, 연극이라면 특유의 현장감과 생동감을 살려 더더욱 색다르고 즐거운 일들을 생각해 볼 수 있을 것 같다.

실제로 나는 〈쉬어 매드니스SHEAR MADNESS〉라는 코믹 추리극을 인상 깊게 기억하고 있다. 이 연극의 묘미는 현장 객석 반응에 따라 회차마다 결말이 달라진다는 점이다. 배우와 관객들이 함께 사건을 풀어나가다 다수결로 그날의 범인을 정하는 식이다. 지금은 비교적 많아졌지만, 당시 관객 참여형 연극을 처음 접해본 나에겐 너무나 신선한 경험이었다. 객석에 침묵을 요구하지 않고, 오히려 다각도의 반응을 유도해 콘텐츠의 결말로 수용하는 구조가 매우 재미있고 참신하게 느껴졌다. 관객을 객체가 아닌 주체로 대우한다는 느낌이 아직까지도 좋은 추억으로 남아 있다.

✦

극장을 관통하는 최고선의 매너가 여전히 '정숙'이기 때문일까? 극장에서는 어떤 약자를 위해 무언가를 바꿔보자는 주장 자체가 어울리지 않는 소음으로 들린다. '굳이 왜 그래야 하느냐'라는 말로 거절되어도 마땅한 논의 같다. 그러나 여러 악재를 통해 '극장 종말론'

이 대두되는 지금, 극장 또한 보다 적극적으로 변화일로를 모색해야 한다는 생각이 든다. 나는 '나 같은 사람'도 무리 없이 녹아들 수 있는 관람 환경을 꿈꾼다. 내가 다니는 극장에서 더 많은 어린이와 노인과 장애인과 난민을 만나게 되길 소망한다. 아직은 요원해 보이지만, 변화를 바라는 마음이 변화의 시작임을 믿고 기다리는 중이다.

바보 작가의 독서

출간을 기념해 열린 북토크에서 마지막 순서로 Q&A
코너를 진행할 때였다. 한 독자님께서 손을 들고 "작가
님께서도 당연히 페르난도 페소아의 《불안의 서》를 읽
어보셨을 거라 생각됩니다만……"이라는 질문을 던지
셨다. 생글생글 웃었지만 큰일 났단 생각이 먼저 들었
다. 나는 그 책을 단 한 페이지도 읽어본 적이 없었다.
두꺼운 책들은 언제나 내게 번뇌를 주었고, 세상에는
얇으면서도 훌륭한 책들이 얼마든지 많아, 읽을 필요를
느끼지 못했다. 다행히 《불안의 서》 내용이나 맥락을
알아야만 답할 수 있는 질문은 아니었다. 등줄기에 난
식은땀과 옷 사이로 서늘한 바람이 지나가는 듯했다.
북토크 때마다 이런 일이 비일비재했다. "작가님, 혹
시 누구누구 작가의 무엇무엇이라는 책을 읽어보셨나
요?" 내 대답은 거의 매번 같았다. "아니요."

작가가 되기 전에는 '모름'이 탄로 나는 것에 두려움이 없었다. 오히려 나는 무식을 드러내며 사람들을 웃기는 타입이었다. 별 뜻 없는 행동일 때도 있었지만, 소탈하고 겸손하단 평가라도 챙기려는 나름의 전략이기도 했다. 잘난 척을 혐오하는 우리나라 정서상, 내가 뭘 아는지 으스대는 것보다 모른다는 사실을 솔직히 밝히는 것이 평판에 훨씬 나았기 때문이다.

사람이 웬만큼 뭘 모르면 바보 같지만, 완전히 새하얗게 모르면 '말이 그렇지 설마 그 정도겠냐'는 의심의 수호를 받았다. 공부나 수련을 싫어하는 나는 언제나 후자의 경우를 노리며 대화 기술을 발전시켜 왔다. 실제로 회사원일 때는 분위기를 띄울 줄 아는 능력 덕에 호사를 많이 누렸다. 분위기를 띄운 다음에는 똑같은 기술로 상대방을 띄워줬다. 잘난 척은 싫어하지만 잘난 척할 기회는 마다하지 않는 우리나라 사람들의 정서상, 그렇게 하고 나면 업무가 훨씬 수월했다.

그러나 작가가 되고부터는, 내가 구사하는 무식의 언어가 빛을 잃었다. 아무도 이를 농담이나 처세로 생각해 주지 않았다. "히히히, 몰라요~" 식으로 실없게 굴면 상대방이 갑자기 깍듯하게 사과하며 자신의 질문을 철회했다. 내가 무언가를 모른다는 사실을, 다른 사람 앞에서 폭로한 데에 죄책감을 느끼는 것 같았다. 농담으로 넘기려고 해도 분위기가 이미 한 차례 민망해져서, 모두 서둘러 다른 화제로 옮겨간 뒤였다.

작가로서 많은 질문을 받고, 답을 달고, 그에 관한 이야기까지 덧붙이고 온 날이면 잠자리까지 낮의 실책들이 따라붙었다. '아이씨, 그렇게 말하지 말걸. 아이씨, 검색해 보니 아까 한 말 다 틀렸잖아, 으아악, 미치겠네…….' 하는 식이었다.

✦

물론 난 무식을 우회하는 일도 꽤 능숙하게 해낼 줄 알았다. 나는 소위 말하는 '오디오가 비지 않는' 타입이었다. 모르는 것에 관한 질문을 받으면 상대방이 알아챌 수 없도록 교묘하게 질문의 방향을 틀거나, 의도적으로 재질문을 던져서 아는 방향으로 대화를 유도했다. 말문이 막히지만 않으면, 일단 뭐라도 주절거리고 있으면, 사람들은 내가 물음표의 늪에서 헤매는 중임을 몰랐다. 모양은 조금 빠지지만 말이다. 덕분에 인터뷰 진행자나 기자님들께 "아까 그 대답은 제발 편집해 달라"고 부탁한 적도 여러 번이다.

태도를 조심하고부터, 당사자인 내가 봐도 '사람 참 명석하구나' 싶을 정도로 좋았던 인터뷰도 간혹 있었다. 하지만 나는 나 이상으로 좋아 보이는 인터뷰에서도 알 수 없는 불편함을 느꼈다. 내게는 독자들에게 읽을 가치가 있는 콘텐츠를 제공할 의무가 있었지만, 독자들에게 진실할 의무도 있었다. 내가 자꾸 작가다운 유려함을 가장하려 드는 행동이, 프로 의식인지 가식인지 헷갈렸다.

진짜 무지해서도 안 되고, 지식인 행세를 해서도 안 된다면 남은 방법은? 진짜로 유식한 인간이 되기 위해 나를 단련하는 일뿐이었다. 이젠 정말 책을 읽어야만 했다. 밖에 나가 "저는 책에 파묻혀 살아요"라고 말하지는 못해도, 출판계 역사와 경향을 가볍게 해석할 수 있을 정도는 되어야 할 것 같았다. 그런데 웬걸. 나는 최신 베스트셀러와는 대체로 맞지 않았다. '이게 무슨 말이지?'와 '왜 여기서 갑자기 끝나지?' 사이에서 갈팡질팡하다 책을 덮는 일이 부지기수였다. 게다가 한국 책은 책으로만 보이지도 않았다. 내용보다는 표지 후가

공이나 제책 방식, 종이 두께, 폰트와 같이 편집 요소나 제작 방식의 특징이 더 인상 깊을 때도 많았다.

기초가 부족한 탓인가 싶어 고전 쪽을 파보기도 했으나, 책만 펼쳐 들면 자꾸만 잠이 들었다. 불면증을 겪고 있음에도 고전 책 한 권이면 무한하게 낮잠을 잘 수 있었다. 아마 난 이쪽도 아닌 것 같았다……. 게다가 외국 고전들은 인명이나 지명을 외우는 일이 여간 힘든 게 아니었다. 내가 고전문학을 읽으며 치열하게 고민한 바는 별다른 게 없었다. '이 사람이 누구 남편이었지?', '엘리자베스 애칭이 엘리인 거야, 엘리라는 여자가 또 있는 거야?', '왜 우는 거야?', '왜 떠나는 거야?' 정도의 단순한 궁금증들이었다.

나는 독서에는 실패했지만, 독서란 억지로 되는 것이 아니라는 교훈을 얻을 수는 있었다. 덕분에 내 책을 읽어주신 나의 독자님들께 진심으로 고마워졌다. 책 한 권을 전부 읽는 일이 만만치가 않다는 걸 새삼스레 깨달았기 때문이다. 이번에는 내 목적이 다소 불순했는지도 모르겠다. 책을 이해하는 것이 아니라 사냥하려 들었으니, 책이 내게 곁을 내어주지 않은 걸지도. 그러나 내가 아는 유일한 사실은, 책은 영원히 읽고자 하는 자를 배척하지 않는다는 것이다. 지금 놓친 책들이 영원히 날 떠날 게 아니기에, 책을 펼쳐 들 어느 날을 고대하며 나는 오늘도 마음 놓고 독서를 접을 수 있다.

다독, 다작, 다상량

"글을 어떻게 쓰냐"는 질문을 받을 때마다, 내가 잘 쓰기 위해 포기한 '글쓰기 불문율'들을 떠올린다. 내게 가장 적합하지 않았던 건 의외로 "다독, 다작, 다상량"이었다. 많은 독서와 많은 작문, 많은 생각이 양질의 글쓰기를 만든다는 이론이다. 나는 이 법칙에 너무 동의하는 바람에 몇 년을 허송세월로 보냈다. 서울 아파트값처럼 불가능해 보이는 백지를 바라보고 있자면 '모든 것이 될 수 있어도 작가만은 못 되겠지' 싶은 마음이 들었다.

나는 스마트폰이 없을 때도 긴 글을 읽는 일이 특히 어려웠다. 다독이 불가능한 일인 것과 비슷한 이유로, 다작에도 닿지 못했다. 잡생각은 많았지만 취합할 능력이 없었고, 내가 가진 어려움이 특이한 것은 아니라고 생각했다. 모두가 나만큼은 아프고, 나와 비슷하게 서글펐을 테니까 말이다. 혹자는 내가 문예창작과에 진학

했다는 것을 근거 삼아 글쓰기에 재능이 있는 사람이라며 희망을 주기도 했다. 하지만 1초마다 사라지는 것들을 나의 재능이라 부를 수 있는지, 늘 회의감이 들었다.

책 쓰기를 포기하던 순간부터 책 사는 일도 그만두었다. 꾸며놓은 책꽂이를 보고 있으면 내가 갈 수 없는 지점들을 늘어놓은 전시장 같았다. 먼저 좋아하는 책들부터 응원하는 마음으로 팔아버렸다. "너는 재미있으니까, 나가서 펼쳐지렴." 그때 "사랑하니까 보내준다"는 클리셰의 위악을 깨달았다. 사랑하니까 보내는 게 아니라, 사랑하는데도 감당이 안 되니까 팽개치는 것이라는 걸. 나는 〈여우와 신포도〉 우화에도 수치심을 느꼈다. 누가 내 이야기를 허락도 없이, 심지어 나 태어나기 전에 써놨지?

✦

스친 적도 없는 이솝 작가부터 시작해 나의 가난, 질환, 성격은 전부 인생을 해친 범인이었다. 돌이켜 보면 삶을 대하는 정서가 없었던 나는 화난 태도를 전면에 내세웠을 뿐이다. 그때 난 두려워하고 있었다. 날씨가 좋으면 밝아서 무서웠고, 비가 오면 우산이 없어서 무서웠다. 벚꽃도, 바다도, 낙엽도, 눈밭도 영감으로 승화할 수 없는 내가 멍청이 같았다. 하지만 계절감에 염증을 느끼는 이유도 결국은 두려움에서 비롯된 것이었다. 시간이 흐르고 있다는 두려움. 봄이 오면 움츠러들었던 겨울이, 가을이 오면 "덥다"는 짜증으로 낭비된 여름이 선득하게 다가왔다. 흐르는 시간과 바뀌는 계절은, "너 정말 아무것도 하지 않고 살아만 있구나"라는 식으로 나를 두들겨 팼다.

어쨌든 쓰고 있는 지금은, 그 모든 생각들이 불필요했음을 깨닫는다. 글쓰기가 무엇인지 평생 모를 테지만, 모르겠다는 상태로 시작하고 끝나도 괜찮은 세계였다. 이젠 작문이란 실력보단 스타일의 문제라고 생각한다. 잘 쓴 글들은 작가가 자신의 스타일을 잘 찾은 글이고, 못 쓴 글들은 작가 본인의 현주소와 그가 추구하는 스타일 사이에 간극이 큰 글이다.

문체나 인물이나 기교는 아무래도 정서 이후의 문제였다. 내가 실패했던 궁극적인 이유도 ADHD에 가려졌던 '정서의 부재' 때문이었다. 들쭉날쭉한 마음으로 차분한 글을 적으려니, 부정적인 언어관으로 긍정적인 글을 쓰려니 계속 망하는 것이었다. 그냥 '작가'가 아니라, 그 이상의 '멋진 작가'를 꿈꾼 탓에 꿈 자체를 말아먹기도 했다. 그때나 지금이나 나는 멋지지 않은 사람이니까, 멋지지 않은 무언가를 쓸 능력은 그때도 충분했을 텐데 말이다.

찬란한 여름날. 한강과 만난 햇살은 윤슬이라는 춤을 춘다. 하늘이 내 손에 행복의 파편을 쥐여준다. 애인과 꼭 붙어 걷는 길, 그를 보며 완성되어가는 행복을 느낀다. 사랑스러운 인생이다.

그때는 이런 걸 끄적였다. 온화함과 거리가 먼 심성탓에 쓰는 글마다 구린 구라 같은 진술이 되었다. 솔직히 여름에는 더워 뒈질 것 같다는 생각밖에 안 하면서, 꼭 붙는 남자친구한테는 "자기야, 부탁이 있어요. 신속히 떨어져~"라고 말하면서. 글에는 이상한 허세를 지향해 놓았다. 당시 내 솔직함에서 모두 후퇴해 버렸던 이유는, 나를 구성하는 정서가 거칠고 부정적이라 지탄받을 여지가 많기 때문이었다. 난 욕먹기도 싫고, 솔직해지기도 싫고, 추해지기도 싫어서 우물쭈물댔다. 종

국엔 갈팡질팡 왕국의 황제로 등극해 몇 년의 임기를 지냈다. 허세라는 왕관이 무거워 목이 빳빳했으므로, 그 시기에 완성된 글은 없다.

지금도 "다독, 다작, 다상량"이 글쓰기의 근간이라는 말에는 동의한다. 내가 배제한 방법이 작가들의 절대 비법이라니, 막막할 때도 있다. 그래도 막막함에 온 힘을 빼앗긴 채 늘어지진 않는다. 내가 찾은 스타일은, 글쓰기에 제약이 될 수 있는 규칙을 설정하지 말자는 것 하나였다. 무규칙 상팔자라는 생각으로 일단은 쓰고 있다. 무규칙 자체가 절대 규칙이 아니므로, 언젠가는 글쓰기 매뉴얼을 구구절절 꾸미려 들지 모른다. 그래도 글쓰기의 묘미는 어떻게 하면 잘 쓰는지 모르면서 구석구석 헤매는 과정이 아닌가…?

오색 찬란
실패담

1판 1쇄 인쇄 2023년 2월 2일
1판 1쇄 발행 2023년 2월 24일

지은이 정지음

발행인 양원석 **편집장** 박나미 **책임편집** 이정미
디자인 박진영 **영업마케팅** 조아라, 이지원, 정다은, 백승원

펴낸 곳 ㈜알에이치코리아
주소 서울시 금천구 가산디지털2로 53, 20층(가산동, 한라시그마밸리)
편집문의 02-6443-8827　**도서문의** 02-6443-8800
홈페이지 http://rhk.co.kr
등록 2004년 1월 15일 제2-3726호

ISBN 978-89-255-7693-0 (03810)